小路昨夜對我說

機 車 騎 士 的 奇 想 漫 遊

李達達──著

【推薦序】

坐在李達達機車後座——讀《小路昨夜對我說》

孫梓評

我們都見過那畫面：城市某高架橋下坡路段，無數機車瀉浪般衝往平面。隱藏在安全帽底下、有時還包裹著雨衣，騎士們在此暫時失去性別與細節。難道你不曾揣想嗎，那其中一人，此刻是剛要前往目的地，或已回程？為了什麼在路上，還是，路本身即其內容？面目相仿的騎士們，會在下一個轉角與我產生關聯嗎？這些沒有出口的念頭累月經年，忽然得到機會，跨腳登上李達達機車後座（那可是他的初戀才有的寶座），聽見如常巡邏過的小路昨夜對他說，他又轉頭對你說——就是這樣親密的一程，目的地未定，近得可以瞥見他臉上生動表情，半透明窺看他腦內吹泡泡般無法按停的奇想，當夏夜晚風或凜冬冷雨不由分說打落皮膚上，騎士與乘客挨得更近了，好像他呼吸著的，帶著哀愁或甜蜜的身體氣息，也突破限制傳遞過來。

都說了些什麼呢，說話真難。要能說出讓人願意打開耳朵的內容，不在傾聽時漠然走神，又是多麼考驗說話魅力。李達達只是放開煞車，略催油門，壓低車身，靈活移動於車陣間，狀似輕鬆，就將大隊人馬超越。

我留意到至少三項能力，幫助了李達達的前進。其一是優秀轉場技巧。有些散文行雲流水，有些窒礙難行，流動其中的氣，多少倚靠作者轉場能力。轉場，有時是忽然帶開原本的說話，說另一事；有時則在同一件事的發展裡，透過新的說法進行自我顛覆，使敘述出現跌宕。比如〈當鬼〉或〈騎新車的伊卡洛斯〉或其他諸篇。

其二，某些易讓人疲倦的散文，像被典故點了穴道，使精神與步伐遲滯。李達達肯定是後現代讀書人，可能還去誠品文具館學過禮品包裝，典故都能被挪用後良好隱身於他的摺疊，比如，「**穿過眼前長長的隧道，便是百貨商場附設的地下停車場。**」「**我要快樂，我要能睡得安穩……我要取回鑰匙，現在就要。**」知情者會心，不識緣由者也不妨礙目光往下移動。我也驚豔他時常能將嚴肅議論化於無形，〈中原街點點頭〉、〈大家都是垃圾桶〉都說了讓人微笑點頭的道理，卻無說教模樣。

其三，是體脂肪很低的文字。雖然李達達的風格並非屬於黃金鍛造而更接近口語敘說，但細心的聆聽者會發現他的幾無贅字。有些說法跟 Mojito 一樣清新，「**騎機車抵達**

的海邊，才是我的海邊。」有些則跟 Suffering Bastard 一樣別致，比如他由金城武飾演的纖細的良心。不知道李達達是否寫詩，但他有些句子良好地提供了詩所配備的簡潔和多義：「**你在角色間通勤**」、「**霧散去，隱喻躲回影子。**」

馬路本是各種危機的現場，衝突場面所在多有：沒事專趕羚羊的，被睡雲警察般盯上的，負載食物或犧牲而四界穿梭的，無答案但被長路誘惑因此不斷漫遊的，也有十萬火急趁轉彎輾壓他人的……這些場景很容易成為新聞裡一再跳針的報導，配樂哀肅的紀錄片，或人們用以擱置自身無趣的獵奇短影音。但散文是世界像熱水兜頭淋過咖啡粉末濾成的咖啡，名為李達達的濾紙，端上的滋味是麥兜動畫，有那麼一點傻氣，有那麼一點溫馨，往往，在看似無意無害的童言中，洩漏一絲成人殘酷的老練深沉。

當然沒有人會錯過他符合「國際孤獨等級」的內心小劇場：搶奪停車位的電光石火、發現機車卡在水溝蓋的那一秒、週五傍晚車流奔騰演唱會，那些原可能又困又窘的場合，被童話想像覆上一層溫柔濾鏡，比如灰鴿和蚯蚓對話，引出的是「**身體巨大心靈過敏**」的往事；更多時候，這些即與短劇的幽默創造，其實來自說話者善良的品質。免去過多叨叨絮絮的抱怨，停止在傷口上種植傷口，李達達把車騎得很老，並不只因為惜物而呈現一份長情，許多題目，除了「騎士」，也兼及各種機車局部，包括填寫在履歷中的傷痕，或許人和機車是時刻可以換喻的兩者。因此，這也可說是一冊另類的戀物誌吧，機車本體如中柱、置物籃、座墊、輪胎、點火線圈、機油、電瓶；機車外圍如行車紀錄器、安全帽、雨衣、手套、騎士失物、街燈、陸橋、天邊彩虹、騎士音樂、兜風小狗、路邊垃圾桶……正因為車夠老，時間派上用場，被霸凌的童年，被臨檢的青春，被消失的愛情，歷久彌新的朋友，萍水相逢與擦身而過的整個世界，都和我一起坐在後座上，無限加長的椅墊。

機車做為台灣重要文化象徵之一，曾出沒在吳億偉《機車生活》或鯨向海〈革命前夕的機車與哀愁〉或隱匿〈機車事故〉或侯季然〈我的747〉——李達達的「在路上」，則是假裝規格整齊的抽抽樂，抽抽樂口味有蜜有澀，可愛詼諧，純情懺悔，也有「**想知道但不想抽到**」，種種難言的灰色。幸運一點的時候，如果抽到做為各輯壓軸的四篇，是加碼放送的長篇劇情片，如實交代一輛機車所能交通的感情事件。那些飽含著能量不斷出發與碰撞，交由修車師傅或他人、偶爾也自己修復了自己的，彷彿誠實無忌的書寫，應也是累積夠多里程數，才能兌換的「機車排氣檢驗」。

其實我對李達達所知甚少——相偕馳騁一程後，不好意思這樣說了。我畢竟已知曉他的童年與志願，罕病與失戀，老派少年機車路線，體會他何以「**好想快點在這個世界**

上找到一個屬於自己的小格子」……當我從李達達的後座離開，也因這一趟「無謀的拜訪」而獲贈大大滿足。但願這樣一個可愛的騎士和他的三輛車，順利前往即將的派對。望著他騎機車離去的背影，深深祝福著。

・本文作者孫梓評先生，東華大學創作與英語文學研究所畢業，著有散文《知影》、《甜鋼琴》、《除以一》等。

各界推薦

像是一封寫給凱魯亞克的溫柔情書，李達達的《小路昨夜對我說》是正宗的公路電影，召喚了如《逍遙騎士》式的不羈情懷，讓《巴黎德州》的失語之人終於得以發聲。如果你在地圖上找不到你想要抵達的地方，那或許是因為你還沒出發；或發燙的背包中，還沒有這本如何在城市生存的一百種指南。

——音樂與鄉愁的 murmur 患者　瓦力

作為編輯，達達無疑是我最好的工作夥伴；同為創作者，他是最可怕的作者，總讓人想要變成他。

——作家　栗光

電影《革命前夕的摩托車日記》有這麼一段：車壞了，等報廢，主人像幫孩子拉棉被般，拿一塊布將它蓋住，同時眼淚無聲往下滴。那是我見過對機車最有感情的敘述。讀李達達的《小路昨夜對我說》，有同樣感受。那些愛憐、痛惜、溼的告別和乾燥的厭「事」，就像一把「純情的斧頭」，在我的眼球上刻字。

——作家　湖南蟲

每一輛機車，都是一個人生。非常佩服作者對於日常生活的詳細觀察以及描寫，每一篇故事都是我們生活中的一個碎片，你會在書中找到自己的故事！

——像素藝術創作者 aka 街頭觀察者　KAI

在車道上，機車只被當成半台車。在車庫裡，機車只佔不到半個位子。但是機車陪伴，機車承擔，機車懂的，我好像也懂。雖然它是一半，但它的另一半是我們。如果在達達初戀的那次約會，它有跟著達達一起進場看戲，它一定也會明白那句台詞的：「在那個大時代當中啊，人變得好小；到了今天這種小時代，人變得更小了。」

——作家　蕭詒徽

目次

輯右・依靠路肩

輯左・內側迴轉

輯後．再見盲區

輯前・奇想前方

在前往派對的路上

在前往派對的路上我點亮車燈，空氣中浮游的生物其實是雨，騎士像一隻鯨魚那樣把小雨攔在身上，它們還來不及降落地面就被蒸發掉了。這樣算不算雨天呢？

但今天確實是個冷天，同路的騎士們穿戴口罩、手套或雨衣，這些道具能抵擋風寒，讓身體保暖，卻也造成某些不便。口鼻呼出的溼氣會順著口罩的縫隙流出，凝結在安全帽鏡片上遮蔽視野。厚重的手套則影響操縱，必須握得更緊才能抓住油門。冬季永遠晾不乾的雨衣持續發臭，外型也醜，穿上就會變成一袋活生生的垃圾。我不要。

在前往派對的路上要體面一點才行。

等紅燈的時候，右側來了輛上氣不接下氣快要熄火的老機車。它的騎士是一位瓜皮帽男子，上身穿羽絨衣，下身短褲配夾腳拖。也許只是出門買個麵而已。他沒戴手套，左手塞口袋裡保暖，讓抓油門的右手受凍。若這人有妻，他大概一到家就會把凍僵的右手往妻子的頸子貼，換來一聲慘叫和笑鬧吧。希望他沒忘記買什麼，否則一定會被太太踢出門再跑一趟。我也得買點什麼。炸雞總會有人帶，沙拉太自命清高，萬惡的洋芋片好了，必須是派對分享包。分享的意思是你一片，我一片，他一片，剩下都是我的。

在前往派對的路上我想像著那幾個即將見到的人。有可愛的，有不熟的，不熟的當中還有一個尖酸的。尖酸的那個會帶什麼交換禮物去呢？想知道但不想抽到。我準備送出一盞電池小夜燈，象徵意義大過於實用價值，但解釋起來很麻煩，會被笑的，如果我能抽到自己就好了……呃，這樣好像錯了，派對的本質是參與，要輕閉雙眼，要笑容可掬，要放鬆界線，要相信收到禮物的人大概會懂並且開心。

在前往派對的路上我分心了。安全島上的菩提樹在派對，高架橋下的鴿子們在派對，窄巷裡的街貓們也在派對。啊，分身好了，去參加世界上所有好玩的派對。

手機響起，是可愛的那個打來。靠路邊停，把手機從側臉塞進安全帽裡接聽。那頭問怎麼還沒到，我說還在騎車，再五分鐘。同時間路的另一岸有名女子忽然探頭招手，一輛計程車立刻右轉靠邊，它後方一輛披薩外送機車急煞，輪胎摩擦出尖銳的聲響，所有必須趁熱趕去參加派對的起司、火腿、蘑菇和餅皮都在紙盒裡跟著尖叫。那乾瘦的外送員及時伸出腳，大力踏地，穩住了機車和所有驚魂未定的披薩。他沒叫罵，繞過計程車的時候瞪了司機一眼，就再度上路。不曉得今晚還有多少派對在等著他，也不曉得會不會有人邀他坐下來吃片披薩再走。

我掛掉電話，雨勢忽然轉大，雖然只有五分鐘而已，但不穿雨衣會全身溼透的。在前往派對的路上要認命一點才行。

魔鬼敲擊著大門

穿過眼前長長的隧道，便是百貨商場附設的地下停車場。

機車在電子收票閘前停了下來。「請使用悠遊卡或按鈕取票。」機器用女聲向我說明。我按鈕，閘門升起，機器吐出一枚塑膠代幣。我左手握緊代幣，右手連忙催油往前，後頭還有好幾輛機車急著入場。

水泥地面死灰，天花板爬滿紅色的消防管線與黑色的空調設備。這裡沒有牆，沒有隔間，只有柱子與柱子等距支撐著樓板。水平視野過度開闊，室內空間顯得扁平，騎士們都因為害怕自己一不小心就會撞到頭而縮著脖子。

車位所剩不多。大家紛紛升起強烈的競爭意識，加速繞行。大燈左右掃視，排氣管回音探問每個轉角，人人都急著為自己尋找空缺。

我與另一名騎士發現同一個車位，雙方就此展開一場原始的對決。騎士間的勝負不靠猜拳，四目相交僵持一秒，誰客氣誰就輸了。

我輸了。

好想要贏。好想快點在這個世界上找到一個屬於自己的小格子。想要推開地下停車場最後一道防火安全門，進入百貨商場。那裡有清爽乾燥的空氣在等著我，拋光無縫的大理石地磚在等著我，一千尊穿著新衣的聖像，一萬件包著膠膜的神器，少女神、淑女神、紳士神、兒童神……消費天堂中理想生活的眾神們在每一層樓等著我。我要離苦得樂，要從一隻沒車位的野鬼，成為上衣下褲消費大尊者。

我繼續兜圈。倉鼠那樣爬一爬，嗅一嗅。啊，有車位的香味！我相信前方一定有格子，否則閘門根本不會放我進入這地底。但應許之地究竟何在？在角落，在柱間，還是在地下十八層呢？

此時一陣災難性的便意襲來。

沒有猶豫的空間了，我立刻更下一層樓。那裡燈光更黯淡，空氣更凝重。一名活屍般的男子跨著過度外八的步伐走向樓梯間。他找到了車位，但看起來卻已經太遲了（這是我偏頗的投射）。我繃緊下半身的肌肉（但又不能繃得太緊），額冒冷汗，感覺自己體內的地獄之門隨時會被撞開。

存亡危急時，轉角閃現一道神聖光芒，我循著光找到源頭，發現一尊頭戴安全帽跨坐在機車上的人間地藏王菩薩。他車燈亮著，我卑微地問：「先生，您是要走了嗎？」菩薩點頭，催油離開，把祂寬敞的車位讓給了我。

得車位者得超生。

但我體內的魔鬼仍不斷敲擊著大門。摘帽子，起身下車，立中柱，每件事都比平時艱難百萬倍。我碎步走向賣場，以不驚動魔鬼的方式悄悄推開防火門。天真的我沒料到，接下來自己還得一層一層往上爬，叩問一間又一間男廁，才能釋放魔鬼得到救贖。

一路上百貨公司的眾神們都為我打氣，祂們說：「孩子不怕，你已身在消費天堂。要是有個萬一，我們有一萬條新褲子可以賣給你。」

今天你是咖哩飯

某天騎車去買外帶咖哩飯，等紅燈的時候，一輛機車在我右後方緊急煞停。對方逼得太近，我到現在都還記得他迷彩短褲左邊口袋有個破洞。戴著口罩墨鏡安全帽的我，轉頭看了那人半秒。在綠燈亮起的瞬間，他忽然朝我大罵：「趕羚羊，你那什麼囂張臉，是在囂張什麼啦？」一罵完他立刻左轉高速離開。

又氣又餓，想追上去為自己的臉辯護，也想快點吃到咖哩飯。

這類的叫罵也不是第一次遇到。騎腳踏車的時候遇過，身為行人過馬路的時候遇過，直走或轉彎，過街或回頭都要小心突然出現的叫罵哥，他們總是丟下一隻羚羊就立刻逃走。真討厭。

咖哩飯才是正途。

一面碎念總有一天要把羚羊還給對方，一面朝著咖哩店繼續前進——若在店門口與叫罵哥狹路相逢，我們會不會像羚羊那樣對撞呢？如果對方也愛吃咖哩，互毆之後我們能成為朋友嗎？飢餓與憤怒攪拌在一起，羚羊在草原上橫衝直撞，思緒大亂。

忽有一龐然大物從巷口彎出來，是黃色的垃圾車。

垃圾車不能放歌，它正在前往下一站的路上。一輛噴滿白色斑點的黑色小機車尾隨其後。下個瞬間，那騎士放開油門，以左手操控，讓機車滑行，右手則撈起一袋垃圾向前拋出。那袋垃圾在霞光中慢動作飛行，像一記致勝三分球那樣精準落入後車斗中。騎士得手後催油逃離。我覺得自己就是那輛垃圾車，被人丟了一整袋髒話來不及反應。

幸好有咖哩。

打包的咖哩飯仍散發著辛香，回家路上整條路都瀰漫著薑黃色的濃霧。濃稠的醬汁，潔白晶亮的米粒，多汁的雞腿肉、蘿蔔、馬鈴薯，多麼美妙的組合啊。如果還能遇見叫罵哥，真想告訴他：「咖哩飯囂張好吃！」然後立刻騎走，這就是我的反擊。等我恢復好心情，我還要去對巷子裡的小黑狗，變電箱上的大橘貓，路邊發呆的白千層樹，還有對身邊的每個人說——我愛你。

說完頗尷尬，但我不會逃走。

我要當一隻蝴蝶飛過你面前找一朵蜜花吃給你看；我要當一朵雞蛋花剛好在你面前飄落讓你撿起來聞到花香；我要假裝自己是貓在你碰巧感到絕望的時候用「喵喵喵」敲你。我願意棲身於暗示般的小事中，為你灰色的心重新帶來色彩，讓你印堂發亮心肺復甦，我願意成為一份屬於這個世界的祝福。

有祝福，當然也會有詛咒啦。

詛咒驅趕羚羊，羚羊帶著敵意四處衝撞，烏雲壓迫曠野，雷聲隆隆，大雨將至，無處可躲。我的犄角穿破安全帽，我墨鏡口罩底下的面目更加囂張。閃電擊中命運的青紅燈，我與叫罵哥劈哩相遇，一眼就成為彼此今日的詛咒。

但今天的咖哩飯，雞腿肉比平常多了一塊，這又好像是在對我說：「你不是詛咒，你是咖哩飯。」

卡住時請先搖一搖

生活卡關的時候，我常想起機車中柱卡在水溝蓋上的事。

水溝蓋的使命是阻擋落葉與垃圾，並讓地面流水通過進入地底世界（也防止都市傳說中的下水道鱷魚上街）。水溝蓋是柵欄，是無聲且堅硬的守門者。它們被無數輪胎輾過，卻繼續支撐每一輛車。它們被丟菸蒂、吐痰、倒檳榔汁，卻不能躲不能逃也不能反抗。

卡住機車騎士的中柱，也許就是水溝蓋們最大的復仇。

受困的車主，沒有一個不懊悔。中柱不會自己降下來，中柱是你踩的，是你活該把自己卡在水溝蓋上。水溝蓋一直安靜地守著水溝，死心塌地當一塊水溝蓋。受困的人只能怪自己。

受困的人大多困在交通繁忙的城市中。在捷運站前等人時被困住，在巷子裡最後一個車位被困住，在便當店門口被困住……受困的人都貪圖方便，都粗心大意，也各有苦衷。他們不只被水溝蓋困住，他們也困在上一件事與下一件事之間，他們困在城市中每顆齒輪本該順暢運轉的時刻，因此他們的受困很奇怪，奇怪到引人注目的地步。路人看見他們，卻守著城市人一貫的禮貌，刻意別開眼神。那種被注意到的同時又被無視的感覺，使受困的人深陷羞恥。

當時卡住的我，在水溝蓋上被羞恥吞沒。

我站在路邊裝沒事，希望大家別看我，並在心底召喚網路影片中那些卡住的動物夥伴們：卡到頭的貓，卡到角的羊，卡到肚子的土撥鼠……我想變成可愛動物然後得救，但羞恥感不放過我，要我朝更恥的方向想。

我在想，機車中柱再不拔出來，就要和水溝蓋生小孩了。假如它們的後代完全繼承雙方的優點，或許能生下太空船或潛水艇之類的超級載具，兼備密閉性與穿越界線的能力。但我這麼恥，最後大概只會催生出一座大籠子，輪胎鎖在籠裡空轉，把關進去的人都變成滾輪跑步機上的巨型倉鼠。

不可以讓它們生小孩。不可以。

我開始左右搖車，想把機車搖醒。邊搖邊對自己喊話：「一次出來一點點就好。」無論處於何種困境，受困的人必須冷靜地製造間隙，避免胡亂掙扎。掙扎也許能獲得同情，但掙扎也在是對自己施暴，加深自己的羞恥感。從羞恥中脫困的關鍵是自主行動。前進是行動，退縮也是行動，在進退之間就算感覺兩難，也要繼續保持對進退的嘗試。一次一點，探索各種角度，增加可動空間，就有機會脫困。

我越搖越輕，就在我覺得困境似乎變成搖籃的瞬間，我的羞恥睡著了。在那一秒，中柱受困的那隻腳，才總算像個三流的脫逃魔術師那樣滑出水溝蓋。

這經驗成為我心中樸素且重要的支持。此後不管卡在什麼難關，想哭的時候，想逃的時候，快要對自己施暴的時候，我都會先搖一搖試試看。

載披薩的路上

我載著六盒剛出爐的披薩，跨過半座城，去找朋友們。

每盒披薩都有自己的怪名字（化名處理）：火腿俱樂部、燻雞隊長、臘腸總裁、橄欖四分衛、蘋果誘惑、鯷魚教父（起司加倍，我的）。大家堆疊在一起，被一條彈力繩綁在機車後座，散發熱氣與起司的香。

這是我第一次外送披薩。

「坑洞要閃喔，熱起司一旦黏上盒蓋的話，就會永遠黏在盒蓋上了。」鯷魚教父的叮嚀從後方的紙盒傳來。他不曉得我吃過多少披薩，就算他不說，我也會留意。我像太空人操縱機械手臂那樣小心轉動油門，放大自己的感官，低速避開坑洞，繞過凸出物，一路上尋找最平坦的路線。

一邊注意路面，一邊在心中投影盒內披薩們的狀況。橄欖、臘腸、火腿、蘋果、燻雞和鯷魚，所有的配料都牢坐在自己的起司上。我是駕駛艙內的機長，對後頭的披薩們廣播：「各位乘客，我們現在正通過一段非常不穩定的氣流。請大家留在座位上，繫妥安全帶，謝謝。」坑洞，凸起，人孔蓋。橄欖們在祈禱，臘腸捏著兩個孩子的手，火腿拚命抖腿。上坡，急彎，過隧道。燻雞嚇暈了過去，鯷魚閉上眼睛深呼吸，蘋果早就明白自己屬於萬有引力。這條通勤路騎了那麼多趟，都老朋友了，如今載著六盒薄脆的披薩，才發現它竟有如此險惡顛簸的一面。

「再撐一下，快到了。」停紅燈時，我回頭拍拍盒子。當機車重新起步，大家輕輕後移碰了紙盒一下，那紙盒中的小撞擊傳到我的背脊，像大家也在拍拍我，披薩們說：「沒事的，起司涼了，不會黏在盒蓋上了。」

轉個彎我騎上一座平坦的小橋，在橋中央迎來一陣異常的平靜。橋上沒有別的車，也沒任何行人，只有一名載披薩的騎士，空曠得像一場夢。在夢中好幾名人類乘客的身影陸續浮現，有人輕，有人重，有人腿短筋柔軟，有人腿長卻很僵硬。大家在後頭像披薩那樣發出熱與香，讓我載他們去我順路或不順的地方。有人趕著去搭火車，有人只是想坐坐看機車，有人從後方輕輕摟住我，我們把柏油路、紅綠燈和路上每一輛車都起司那樣融化掉。

原來一切早就是披薩了。

路是餅皮，機車是番茄醬，騎士是起司，乘客們是各式配料（topping），是火腿、臘腸、燻雞、橄欖、鯷魚。雖說是配料，卻決定了我們在一起時的名字。因為有名字，我們才能留住並召喚對彼此的記憶。

下橋左轉，相約的場所就在前方。一想到稍後披薩們就要被我的人類朋友們一口一口吃個精光，心情就有點寂寞。所以最後一段小路，我騎得極慢，一面忍著捲餅潛逃的念頭，一面在心中默念每一盒披薩的名字。

哎，這種不甘放手的心情，載人的時候似乎沒那麼強烈啊。

中原街點點頭

「帥哥，請問一下中原街在哪裡？」我轉頭一看，是位騎老野狼的大哥。紅燈還有三十秒，我明明戴著安全帽騎在機車上，卻覺得像參加益智節目那樣想要搶答，要是答錯就會被噴乾冰。「這附近沒有中原街啊，我知道有一條叫太原路，在火車站後面喔。」呼，機車坐墊沒噴乾冰，我一定答對了吧。

老野狼哥聽到我的否定，一臉失落，彷彿他是憑著一封三十年前的信騎了三百公里的長路來到台北要尋找他年少時的筆友卻在最後一里路丟失了線索似的。我也覺得遺憾，但沒辦法，這就是城市，什麼時候哪條路被改名了也不奇怪。

綠燈亮起，老野狼哥像一顆隨時都會破滅的泡泡那樣飄走了。

隔一陣子，我到同一個街區吃宵夜，吃完騎車在巷子裡隨意逛逛，調查下次要吃哪一家。晃呀晃，被同一盞紅燈攔下，忽然想起老野狼哥失落的臉。抬頭一看，前方掛著一塊綠色路牌，寫著小小的白字「中原街」。

啊，我報錯路了。

一股強烈的歉意混合綿密的罪惡感煮成一鍋羞恥的濃湯，我把羞恥吞下肚，卻造成更嚴重的胃食道逆流。中原街明明就在眼前，我卻告訴對方這條路不存在，耽誤了這對筆友一生一次的相見。嗚啊，噴我乾冰吧，讓我受罰吧，擠爆氣球也好，喝苦茶也好，罰我在中原街上折返跑一百遍也好，請用懲罰將我從罪疚中釋放出來吧——

但話說回來，與筆友相見真的是一件好事嗎？

或許老野狼哥的筆友是一位已婚且擁有超能力卻極度害羞的太太，她並不願被老野狼哥見到，便向整個街區發送腦波，暫時屏蔽大家意識中的中原街，將自家的住址掩藏起來。於是那個下午大家這裡問問，那裡指指，卻沒人找得到中原街。超能太太則倚著自家二樓的小窗，對著迷途的人們發愣。太太她其實也想看對方一眼，但出於種種考量而無法與筆友相認，這種矛盾的心情被超能力放大傳播出去，導致時空扭曲……

這樣想的話，誤報就不是我的錯了。

更無恥一點來說，每次都能指出正確的道路，每次都能破解謎題，每次都高喊「真相永遠只有一個」的傢伙，或許會為了維護自己的正確性，而變成一看到有人迷惘，就衝上去指教的正道魔人。我認為較理想的情況是：十次裡有七次報對路，兩次不知道，一次不小心報錯。以這樣的比例走江湖，偶爾被噴一噴乾冰，才能保持適當的謙虛與幽默感。

而在我無恥的最根底，藏有最無恥的希望——希望不是只有我單方面認得路，路也能夠反過來記得我。於是那晚我騎上前，向中原街介紹自己：「你好，我是達達，抱歉上次人家問的時候沒認出你來，以後再也不敢忘記你了。」

中原街點點頭，我就這樣被原諒了。

旁觀他人之衝突

朋友在機車上裝了行車紀錄器，車頭長出一顆冷冷的新眼睛，他說：「超廣角，低雜訊，高解析，你也裝一部吧？」我一面佩服一面退，想到要是在深山的公路上拍到什麼靈異畫面我可承受不了。

但有一回，我在路邊看到一場好戲。

週六晚上，六線道與四線道的大路口，九十九秒長紅燈，路旁是城市邊緣新開拓的荒涼公園，新栽的行道樹還沒生出葉子，新設的路燈亮得刺眼，新鋪設的人行道上有兩個人正在衝向彼此。一方是汗衫短褲牛皮涼鞋的大叔，一方則是頭戴安全帽與防摔手套的外送員青年。

大叔挺出胸膛，像羚羊那樣跨步，一面往前衝一面大喊：「知道我是誰嗎？你，知道我是誰嗎？」外送員後退一步，手撫著頭盔側面的行車紀錄器並高聲念咒：「我都錄起來囉，我都錄起來囉！」就在大叔即將撲上外送員的瞬間，忽然冒出兩名女子，一人抱住大叔的一隻手臂。

仔細一看，抱左手的應該是大叔的妻，抱右手的大概是女兒，停在路旁的那輛白色轎車是他們家的。

外送員就站在自己的機車前方，堅守地盤，逐條數落大叔的不是，要錄下對方認錯道歉的畫面。大叔也意識到鏡頭在拍，對著鏡頭發誓自己要保護家人，要替天行道，要給外送員青年一個教訓。

雙方手上都沒拿武器，兩輛車也都沒有損傷，看起來只是普通的糾紛。其實能順利地對罵，就是在對話，大抵都會沒事的。於是我與同一支紅燈下停等的騎士們都安心地旁觀他人之衝突。

那是多麼活力四射的衝突啊。年輕的外送員提取自己所有的腎上腺素和睪固酮，挑戰那國王般的男人；中年的汽車駕駛鼓起那勇猛但微微褪色的男子氣概，試著在妻女面前證明自己。雙方在這場衝突中，脫離自己日常的角色，賭上自尊與信念，在夜路旁的荒涼公園變身，進行一場異邦王子與中年國王的對決。英雄神話般的大戲就在紅燈底下開演，而旁觀他人之決鬥的我，寫下故事就成了吟遊詩人。

有幸見證這當代的路邊決鬥，真是佩服又感激。

穿衣戴帽生活在文明中的我們，規律地出賣自己的時間，恭敬地向買家收錢；我們極力迴避衝突，怕傷到自己的生意，怕毀掉自己的人設，怕失去親人愛人友人，怕夢想幻滅，怕一切。結果就是在愛的時候說不出口，在恨的時候下不了手，成為自己生命的旁觀者。

或許我們真的都需要偶爾找個誰來大吵一架。

但綠燈亮得實在太快，戲還沒完，觀眾們卻只能催油離開。我看著後照鏡裡他們越來越小的身影，感到殘念。好想知道大叔一家與外送員青年的故事將如何發展，不過下一幕劇，只有下一批等紅燈的人能看下去。

回家的路上，我開始認真考慮行車紀錄器的事。

野性的左手

寒流夜，騎在風大的羅斯福路，好冷。停紅燈的時候，同路的騎士們都縮著脖子，像要躲進自己的外套裡似的。其中一位身著羽絨外套的男騎士，左手插在外套口袋，右手抓著油門等紅燈。

他沒戴手套。

綠燈亮，他右手催油上路，左手卻還在口袋裡。寒風中赤裸的右手，堅強地握緊油門，簡直像是為左手犧牲了自己。這傢伙一定知曉左手珍奇的特質（假設他慣用右手）——左手是神祕且善感的。左手寫出來的字，畫下來的圖，投出去的球，雖不如右手精確，卻由於不完全受意識的支配，而保存了右手早已失去的那一份神聖與天真。

我放慢車速，讓單手哥騎在前頭。希望他能領先我一兩支紅綠燈，這麼一來要是出事的話，我就不會遭到波及。一邊減速，一邊繼續在心中酸他，「有油錢騎車，沒錢買手套，這樣對嗎？」然後看了看自己手上的大賣場皮手套，感覺自己是個好騎士。

單手哥似乎感應到了我的酸酸電波，在下一支紅燈等著我。

他左手仍插在口袋裡。為了避免自己的靈魂酸掉，我轉了念，想像他口袋中有某種必須善加保護的事物。也許左邊是他專門用來孵蛋的口袋，今晚，那黃澄澄的小雞就要破殼而出了。又或許他左邊口袋底藏著一個粉色的珠寶盒，今晚，他就要去接女友下班，並施行一次單膝下跪的老派求婚。再不然，那口袋就是哆啦A夢四次元百寶袋……想到這，會不會太遠了呢？

想到更遠的小時候，曾看過一部漫畫叫《靈異教師神眉》。人稱神眉的數學老師鵺野鳴介，左手封印著一隻惡鬼，為此神眉平時總是戴著黑色手套。只在需要保護學生，消滅惡靈的艱困時刻，才會向惡鬼借力，摘下手套，用那筋肉暴露的紅色「鬼手」戰鬥。每次看完漫畫，推開租書店的玻璃門，我就會對自己的左手念奇怪的咒語，然後在回家路上抓抓空氣，抓抓花草，抓抓自己。

若右手是馴化的，能寫字，拿筷子，服從我們的意志；左手就是野生的，有鬼怪，有動物棲息其中，有難以預料的殺傷力。因此長大後，凡遇必須靠靈感與直覺來決勝的時刻，我就會把這類事情交給野性的左手來辦。比方說到廟裡求籤啦，在麻將桌上摸牌啦，以及買衣服的最後在幾種顏色之間的猶豫啦，我都閉上眼用左手去摸。左手總是能為我帶來全新的洞見。

於是我就想，單手哥大概也是某種異能人士吧。他的左手既是他最珍貴的夥伴，也是最親密的敵人。無論何時何地，單手哥都必須將他那隻敏銳且恐怖的左手封印在口袋中。否則那有鬼的左手將違背主人的意志，製造混亂，傷害同伴，犯下無法挽回的大錯……

一個人，若有這樣鬧鬼的左手，還是別騎機車比較好。

為街燈向吸血鬼致歉

傍晚的時候，大家在看著哪，想著哪些事呢？

我是很喜歡騎機車的普通人，對於駕駛技術沒什麼研究，也不特別熱愛機械，但我很享受在路上吹風的感覺，尤其是傍晚日光與路燈交班的那段時間。

不久以前，市區的路燈大多是橘黃色的鈉燈。太陽下山後，天空變成深藍色，整座城的路燈們會一齊醒來。它們慢慢加熱自己，逐漸提升亮度，像是白天都在睡覺的夜班天鵝們那樣緩緩抬起頭。這時晚風吹起，通勤騎士們陸續下班，車流湧現，但尚未堵塞。在那日與夜的縫隙之間，左思右想晚餐要吃什麼的心情，非常愉快。

那種時候我經常想到臭豆腐。

一盞昏黃的鈉燈底下，紅燒臭豆腐的小攤車正忙碌著。熱湯煮滾，臭味香味，蒸氣黃澄澄，老闆捲起袖子，手臂冒著汗，他問客人「要不要加鴨血」。好啊。加。

這幾年大多數的路燈都是ＬＥＤ了。設定的點燈時間一到，百分百出力的白光立刻把街道打得又白又亮。更加省電，更有效率，全面曝光，不肯抹防曬油的老派吸血鬼肯定會曬傷。

幸好一些山區的小路，鈉燈還沒被汰換掉。

有一次，我在濃霧的夜晚騎過一座跨谷的橋，霧氣被鈉燈照成橘子色，橋樑恍如一座舞台。闖入那霧中的我邊騎邊想，會不會騎到半途，我就掉進另一個次元呢。在那個次元裡隱喻才是主宰。西瓜肚的男子變成一顆真正的西瓜，穿著吊帶褲一面灌酒一面划拳；鴕鳥心態的太太就是一隻巨大的鴕鳥，因為找不到悠遊卡而把整顆頭埋進包包裡，又因為忽然想起是自己忘記帶，所以感到羞愧而不把頭拔出來。我的機車則變成一條善解人意的飄浮海豚，我們要外送餐點給畏光的吸血鬼們。

跨過橋，霧散去，隱喻躲回影子裡。我懷念昏黃鈉燈下清晰的影子。它們像念頭那樣在一秒內誕生，拉長，流動，淡化，消失，生生滅滅無數次。在無死角的ＬＥＤ強光之中，奇想無處可藏。

不過最近我的車燈燒壞了，技師勸我換裝ＬＥＤ，我就換了。雖然帶著微微的罪惡感，但前途一片光明的感覺其實挺不賴的。對於ＬＥＤ，也就沒有立場再抱怨些什麼了。

我只能抱歉。

嘿，那些在都市討生活，又堅持不抹防曬油的老派吸血鬼們，一直以來把街道弄得越來越亮，侵害了諸位在暗夜中行動的自由，實在是非常抱歉啊。有機會的話，請讓我打包幾份臭豆腐和麻辣鴨血，送到你們藏身的暗處去當作賠禮吧。

我常去的那家店，鴨血很香喔。

純情的斧頭

在路上，我看過很多騎士掉東西。

我看過菸蒂、塑膠袋和好幾張從騎士口袋裡飄出來的發票。我看過外送員的背包摔到地上流出奶茶。我看過一隻孤獨的手套躺在路中央，被轎車輾過，被公車輾過，被卡車輾過，它指著人行道，像在哀求誰來帶它過街。我看過行動電源牽著手機，私奔那樣一起摔到柏油路上。我看過後座乘客跳車狂奔回頭撿起瓜皮帽。我看過一枚未拆封的衛生棉落在敦化仁愛的圓環邊，第一眼還以為是誰掉了珍貴的口罩。那時誠品書店還在。在台北橋下我看過一群少年騎士趁紅燈時把同伴的車鑰匙拔出來丟到路邊，那串鑰匙落地的聲音讓我聯想到風鈴。我看過歐巴桑騎著買菜車滿載而歸，一片九層塔的葉子從她袋子裡掉出來混入行道樹的落葉堆裡。我看過一個大叔載著新買的橘色大垃圾桶，蓋子被風吹起變成飛盤，結果卻被後車輾個粉碎。我看過一名後座女乘客的高跟鞋跟脫落的瞬間，但她自己似乎沒發現。我看過一對年輕夫婦三貼夾著他們的幼子，小孩肥肥短短圓滾滾的小腳丫踢呀踢，踢掉了藍色的小鞋子。我看過站在踏板上的短腿狗和被塞進透明太空艙背包裡的大橘貓，牠們都好好的沒有掉下來但還是令人擔心。我看過一瓣九重葛的桃紅苞片旋轉著降落在騎士的儀表板上，騎士讓那如紙的過客歇息直到綠燈亮起，他一上路九重葛就乘風繼續飄盪。

看過這麼多人掉東西，卻沒看到自己的：一個背包雨罩、一頂鴨舌帽、好幾隻手套……還有幾個失散的人，他們一下車就再也沒有音訊。

不曉得有沒有人看到。

有時候我會想要去大湖公園。在一個滿月的午夜，爬上那高高的拱橋，閉上雙眼，在心中回想每一件失物。回想它們的形狀、顏色、重量、氣味、聲音和觸感。在一起多久，又是在哪裡把彼此搞丟。好好將細節回味一遍。然後睜開眼睛，對著湖面大聲呼叫，叫到每一條池魚都驚醒，叫到每一隻鴨子都嚇飛，叫到每一個半夜出來散步的人都覺得豪可怕喔快逃回家躲起來。

「出來吧！」我要怒吼，「湖中女神，把我失去的東西通通還來！」

有時候又覺得算了。在現實中的大湖公園叫破喉嚨，童話故事裡的女神也不會現身。而且要是她忽然從水底冒出來，劈頭就問起不堪的往事——「嘿，這位帥哥，你掉的是純金的，純銀的，還是純情的斧頭？」要怎麼辦？

背包雨罩我買了新的，鴨舌帽也換了一頂，新的手套每次脫掉我就會把兩隻綁在一起。至於那些失散的人，雖然偶爾仍會夢見，但我愛過，也已經哀悼過了。

在路上，我看過很多騎士掉東西，有時我會幫忙撿，有時我覺得自己還是不要隨便扮演別人的湖中女神比較好。

報復性的夏天

提著袋子，走出超市，我可靠忠實的機車就停在下午金黃陽光中，像一條可愛的老狗。我摸出鑰匙，叮叮噹噹過街，從建築物的陰影中走出來，在心中對愛車說：「來了來了，久等了。」

坐上機車的那一秒，一股強烈的感受從我生命底部冒了出來——好燙！好燙的坐墊啊。我彈起來，再坐回去。像吃下一顆燙餃子已經咬了不能吐出來，就把餃子含在嘴裡呼呼呵呵——但還是太燙，於是彈起來坐回去好幾次，直到我分不清楚是屁股適應了高溫，還是彈跳逼散了熱氣，才坐穩下來。

這是今年第一次，被坐墊燙到屁股。

屁股一燙就代表夏天來了。所有關於夏天的記憶都以這份熱燙燙的痛楚為大門，大門被衝破，沙灘、浪花、啤酒、燒烤、晚風、煙火……通通殺進來了。你無法迴避，你抵擋不住，你被夏天征服，改穿短袖短褲。

欸，不對，這是兩年來第一次被燙到。

去年（二〇二一）的夏天被三級警戒擋在門外。當時金色的陽光在窗台上叫我出去玩，我卻只能在窗邊對太陽含淚揮手。等到可以出門時，抬頭一看發現樹葉開始轉黃，才意識到夏天已經過去。當時大家把「報復性消費」掛在嘴邊，什麼東西都爆買一番，我也一邊購物，一邊想著自己該如何為我錯過的夏天報仇。

復仇的我想要在炙熱的陽光中騎車，一路追著太陽，騎進熱風中，烘乾自己身上累積的溼氣。為了報復，我要更進一步，在機車上把自己曬到融化，變成某種蒸氣龐克風格的合成人類。然後不斷加速，突破肉體的速限，突破現實的速限，突破神話的速限，超越追日的夸父，抵達第一宇宙速度，騎向太陽，追逐太陽，獨占太陽。最後再把陽光硬生生地拉回北半球，召喚夏天——

夏天回來的瞬間，復仇的我就會蒸發掉。

蒸發的我到處飄蕩，穿過宇宙，回到地球。遇見塵埃就與塵埃結盟，遇到冷風就凝結成小水滴，隨便加入一朵夏季大白雲。那朵雲堆高成一座雲之巨塔，巨塔最終承受不住自己的重量，轟雷一聲垮下，以壓倒性的大雨覆蓋一座人類之城。城裡每一條車道都積水，一輛大車輾過一個水坑，水花濺起，一瞬凋謝。一名溼漉漉的騎士自水花中誕生，那是另一個我。他在夏季午後雷陣雨中回到這個世界，繼續往前騎。

他會一邊騎一邊大喊：「夏天我回來了！」

載著雜貨往前騎一段，我溫熱的屁股開始冒汗。想想大可不必這麼費力，年底飛到南半球國家去住三個月的話，就能在一年內享受兩個夏天。不過這樣替代式的復仇有意義嗎？我珍愛的畢竟還是台灣的，自家的夏天啊。

看看天空，反正快七點才天黑，那就先騎回家放東西沖個涼，再趁早出門晃晃吧。不然新仇舊恨，報報報不完啊。

淋雨的原因

大雨。我懷抱決心，穿上雨衣雨鞋，騎車出門。雨水打在安全帽鏡片上模糊了視線，雨水積在兩腿間形成小水塘，雨水在水坑中原本與我無關直到一輛汽車高速駛過濺起一道巨浪拍打在我身上。雨水鑽進領口袖口我溼透了，減速滑到高架橋下避雨，重新穿脫一次雨衣，評估災損，整理自己。

我的理智與防水系統一起崩潰了。

「喂，您雨天不搭車是何苦呢？」一隻站在排水管上的灰色鴿子向我搭話。那語氣當中有一半嘲諷一半關心。我從口袋裡翻出一個華麗的藉口：「車廂是密閉空間令人焦慮，焦慮放大每一名乘客的舉動和眼神。嫌惡與禮讓被放大，肥胖與性感被放大，自卑與自戀被放大，一切的爆炸都在狹小的空間內被放大。為了避免被放大，許多人都憋著氣，大家都怕觸碰別人或被他人碰觸，彷彿只要一碰世界就會毀滅。」

灰鴿搓一搓翅膀，側頭看我，一臉懷疑。牠那隻監視器般的紅眼睛要我誠實——

「因為我要去的地方比南瓜還要南邊，搭捷運轉公車一個多小時，騎車比較快。」我說。

「騎車確實省時，但你不想搭車的原因還在背後。」

我伸手抓背，灰鴿專注地等著。牠知道原因與藉口是完全不同的東西。藉口是經過觀察、揣摩與判斷，試圖將自我行為合理化的一套說詞。找藉口需要技巧；原因則來自故事，故事有場景，有血肉，有讓人心痛的矛盾。找原因需要真心。

在城市裡動真心是危險的事。但既然有緣一起避雨，對方又是鴿子，說幾句真話大概不會受傷吧。灰鴿感應到我的誠意，甩甩頭，換另一隻眼睛瞧我。躲在我背後的原因像雨天需要呼吸的蚯蚓那樣緩緩鑽了出來。

蚯蚓說：「他曾是個身體巨大心靈過敏的胖子，公車和捷運的坐椅太小，他的屁股肉總是越界。人們討厭越界者，所以坐雙人椅時他一定靠窗，併攏雙腿憋著氣，盼望有人願意在他身旁坐下。但乘客們見到他那殷殷期盼的眼神，以及他所占用的空間時，就會退避三步找扶手藏身。」

蚯蚓為了保命，一說完就立刻鑽回我的背後。

「那些都是以前的原因了。」我告訴灰鴿：「雨是時光機，以前的事總在雨天浮現。克服恐懼的人，淋了雨就退縮回那個膽小的自己。從病痛中痊癒的人，一場雨就喚醒他全身上下的舊傷。好不容易長出翅膀的大人，在雨中暫時失去飛行能力，才發現兒時的那隻毛毛蟲仍活在自己的體內……」

「淋雨淋雨，以前的你也是你。」灰鴿接話。

原因呼吸過了，藉口全面出清，我低頭整理雨衣。此時一輛快車穿過高架橋下，巨大的回音將我轟回現實。抬頭一看，灰色的鴿子不見了。我戴上安全帽，發動機車，回到大雨中。

那場雨繼續下了三天三夜。

睡雲的心事誰人知

夜路上，到處都是懸浮的睡意。這些無主的睡意像雲一樣在紅燈底下飄蕩，偶爾會追咬路過的騎士。

我一面迴避睡雲們的視線，一面朝家的方向騎。忽然間一團黑影從左側襲來，我急煞退讓，逃過一劫。那是一輛機車，對方被紅燈攔停以後我才能看個清楚，紅色車身，半罩安全帽……啊，居然點頭了，是個瞌睡騎士。綠燈亮起，我大手催油製造聲響，她抽了一下驚醒過來。

我也曾被野生的睡雲咬住過。

有一陣子我經常在半夜騎同樣的路線回家，在同一條車道上，用同樣的速度前進。每一條標線，每一棵路樹我都熟，熟到那騎車的人好像不是我，而是機車變成一艘渡船，在夜河上搖呀搖地送我回家。涼風吹進船艙，外頭的聲音退得極遠。我沒閉眼，但我看見的每一項物件立刻成為夢中的陳設，陸橋的螺旋梯一層層通往天堂，一條白色的巨蟒鑽進深深的地下道……一名黑道大哥從街邊跳出來攔車——這時我身上每一個毛孔全都嚇醒了，緊急把機車拉回中線，那不是大哥，那是一輛停在路邊的黑色賓士車我差點撞上。當時一朵睡雲咬住了我的左腳踝。

因此遇到瞌睡騎士的時候，我其實有點同情對方。

什麼時候該睡，什麼時候該保持清醒，對現代人來說似乎是一種道德問題。上課睡覺是錯的，騎車瞌睡是危險的，大家都應該早睡早起吃早餐。要融入社會，就要加入社會的睡眠時區。於是我們從小到大都在學習睡與醒的對與錯，也為此受罰。你必須懂得看時機，看場合睡，否則就會在該醒的時候疲倦，在該睡的時候失眠。於是所有睡錯都是你活該，你活該在半夜醒來覺得自己是個孤單的大頭呆。

大頭呆們的睡雲則到街上流浪去了。

睡雲的心事誰人知？祂們要是沒在日出前找到新寄主的話，會不會永遠消散呢？全球暖化的同時，我們也進入了全球失眠化的時代。失眠的貓熊爬起來挖竹筍，失眠的蝸牛伸長了牠們乾澀的眼睛，失眠的鴿子在公園裡走來走去，失眠的芒果從樹上掉下來摔壞了自己。

那名與我同路的瞌睡騎士，卻在下一個紅燈的時候又睡著了。

但我能責怪她嗎，我有資格告訴她睡雲的事，勸她到便利商店買一罐提神飲料喝了再上嗎？我們都是不肯睡覺騎夜車的反社會者啊。我繞到她右後方，以不嚇人也不失禮的方式，再帶一次油門，用引擎聲喚醒她。這次她似乎比上一次更振作，眼神也更堅定了，大概可以再撐一段路吧。

下個路口我要右轉，她要上橋了。

作為最後的祝福與提醒，我朝著她的背影閃了三次遠燈。閃閃閃。她瞄了後照鏡一眼，然後加足油門騎上引道，那朵孤零零的睡雲則被她留在橋底下，一身昏灰看來相當失落的樣子。

跟屁蟲的回魂路

每天在路上都會遇到幾輛特快車。他們有時咬著前車的尾巴，逼人讓道，有時跨越雙黃線逆向行駛，賭命也要超車。這些駕駛可能趕著回家拉肚子，可能後照鏡中有暴龍在追殺他，也可能患了某種一見別人的車尾燈就會頭殼痛炸的病。對這樣的人來說，跟在他人車屁股後慢慢移動，大概是種折磨。

不過每當我察覺自己難以靠獨力前進時，我就會放下自己的志向，找一輛車的屁股跟著。

騎機車雖然不是什麼重勞動，但人要從一處前往另一處，仍需要攢足前進的意志，提著一股氣才行。要去拜訪朋友，要到城裡購物，要上山下海四處玩，甚至是要從某個地方騎回家，都需要那股氣力。那氣力不只是逆著寒風、頂著烈日、保持車輛平衡與前進的身體強度，那氣力也是專注在一條路線上，堅持自己的方向，直抵目標的日常決心。氣力薄弱時，人就容易受風景迷惑，失去現實感，變成永遠停不下來的流浪者。壓力過大時，人的心智則可能啪一聲斷掉，氣力瞬間散盡，變成倒臥半途的失魂者。

那些時刻，如果有個好屁股可跟，也許就能得救。

所以我經常當跟屁蟲。我跟在水泥預拌車的屁股後，一面吃砂一面看著前方巨大的滾筒，想到如果裡頭拌的全是糖炒栗子的話該有多好。我跟在洗街車的屁股後，像國王一樣享受被徹底刷洗過的車道。我跟在瓦斯車插了紅旗子的屁股後，腦海中浮現電影式的爆炸場面，好刺激呀。我跟在公車的屁股後，讀到司機們的名字，再趁紅燈時繞到駕駛座旁瞧瞧，有人確實是個俊雄，有人完全超出家豪的範疇（可惜如今大客車尾已不再標註駕駛員姓名）。我跟在娃娃車的屁股後，看那些小小的腦袋在小小的座椅上晃來晃去，生出一團願意守護世界的熱情。這團熱情反過來暖活了我自己，讓我能繼續前進。

最近某個深夜回家的路上，我跟到一輛豬肉車。

三十多頭對半剖開的豬被倒吊在鐵皮車棚內，隨路面起伏沿路搖擺，像滿滿一車拉著吊環的上班族。車棚兩側只有鐵欄杆，路燈斜照進去，內臟被挖空的豬對我露出牠們的肋排，這景象使我想起塔羅牌的倒吊人——那是關於智慧與自我犧牲的一張牌。跟在後頭的我，心中浮現一股強烈的敬意，於是趁紅燈時，對著整車新鮮又神聖的溫體豬祈願：里肌啊，松阪啊，培根及腰內肉諸等眾神明啊，謝謝祢們的犧牲。祢們身上每一塊肉都豪好吃，請保佑吃祢們的我，早日恢復元氣，擁有能好好愛人的強健身心。

那輛豬肉車在我家附近的市場停下，我深吸一口氣收回魂魄，然後獨自面對暗夜濃厚的阻力，朝著家的方向，集中精神騎回去。

最後幾分鐘的路，每一公尺都像一公里那麼長。

當鬼

我討厭騎車。

「喜歡騎車」似乎是剛拿到駕照買了新車的大學生才能夠坦率說出口的事。過了亮晶晶的年紀，若還把「喜歡騎車」掛在嘴邊，會容易被人誤以為是那種騎著大型重機，在週末穿戴全套皮衣與進口安全帽，拍照打卡上網炫耀的高級騎士。每次我被人用高級的方式想像，都會一陣心虛，感覺自己是個假扮大人的小孩子。

我討厭被當成小孩子。

我討厭眼巴巴地看著汽車們直接左轉，騎機車的自己卻必須停在小小的油漆格裡待轉，像個永遠不夠格上桌吃飯的晚輩；我討厭跟大型車一起等紅燈，那會讓我明白自己真的只是一隻小綿羊，要是被內輪差咬到一口就死定了；我討厭市民大道上那塊寫了

「十次車禍九次機車騎士受傷害」的警告標牌，光是那訓誡的語氣本身就讓人受傷；我討厭看到撞爛的機車被放在路邊很久很久都沒有人來收，那會讓我以為事故車的主人是孤兒且已經死了；我討厭自己每次摔車後都要去行天宮找婆婆收驚，然後再求一道新的護身符才敢重新上路；我討厭大家每次聽說我騎車又出了什麼差錯，就勸我改搭捷運改搭公車，不要再騎肉包鐵的機車了。

還有，我討厭我的老機車。

老車今年十八歲了，以人來說剛好成年，以車來說十八歲在馬路上算是資深的長輩。前陣子我騎長輩出去玩，它一口氣吸不上來，下一秒就熄火了。我們在內車道失去動力，幸好路上車少，後方騎士們也都發現了異樣，才沒追撞上來。我像幼童玩學步車那樣，踹著長輩滑到路邊的停車格裡，隨後長輩便陷入昏迷，電發或踩發都沒反應。我只好打電話向我家樓下機車行的師傅求救。

師傅開著小貨車來，面色凝重地跳下車。我當場再試著發動一次給他看，證明長輩是真的故障了，師傅才放下車尾的升降台，將長輩牽上貨車斗。他用一條粗繩綁住長輩的龍頭，確保長輩不會在運送途中掙脫。

小貨車開上夜晚的環河快速道路，車輪每輾過一道伸縮縫整輛車就彈起來一次。我坐在副駕駛座，回頭看後車斗，在心中對長輩說：「這是我們平常沒資格上來的高架道路喔，享受一下吧。」開車的師傅見我轉頭，要我別擔心，機車綁得很牢。他說我該要擔心的是這輛老車大部分的零件都停產了，就算有錢也不一定有得修。

回到車行，師傅拆車檢修，判定是進氣系統感知器故障。接著他走到電腦前，查詢零件庫存。我與長輩都在等待判決，緊張氣氛不斷上升，下個瞬間師傅轉身向我們宣布：「零件還有。但不便宜喔，修嗎？」我確認報價，心懷感激地說：「修吧。」師傅要我把車留在店內，隔天一早零件到貨，就能立刻進行維修。臨走前我撫著長輩的龍頭，在心裡告訴它，我們能多騎一天是一天，然後交出鑰匙，垂著頭回家。

長輩平安出院後沒多久，換我去被醫師修理。護理師打電話來，提醒我回診日要散瞳，叫我不要騎車開車。

我右眼的脈絡膜裡長了一顆血管瘤，五年下來侵吞右側大部分的視力。醫生說這是先天疾病，無法預防，罕見且難治，只能以雷射手術和玻璃體注射控制病程。每次進廠維修，眼球被器械箍住的瞬間，我都要雙手交握，繃緊全身，屏住呼吸，才能壓制住想逃的衝動……

疾病是個人的體驗，其實不適合對他人詳說，但我還是扛不住孤單，開口提過幾次。結果知道我喜歡騎機車的人，就叫我不要再騎機車太危險了；知道我喜歡讀書寫作的人，就叫我不要再讀書寫作傷害眼睛了。大家都勸我不要再做我喜歡做的事，彷彿生病的人做任何他喜歡做的事都會使病情加重；彷彿我一定是犯了什麼錯才會生病受罰；彷彿只要認錯，人就能離苦得樂無病無痛。

這些勸阻過我的人，使我想起小時候樓上鄰居的小女兒。我們是幼稚園的同班同學，她常常下樓來找我玩，是個霸道的小公主。有一次她來我家玩捉迷藏，當鬼的我突發奇想，決定用唱歌的方式來數一百。我閉著眼，把〈小星星〉的歌詞改成數字，邊唱邊扭，當起全世界最快樂最得意最放肆的鬼。沒想到此舉竟激怒了小公主，她大罵：「你不要再唱了。」我偏愛當唱歌的鬼，反而加速唱下去。結果還沒唱到一百，小公主就氣炸不躲了，咚咚咚殺到我面前，用力地呼了我一巴掌。

後來每次有人叫我不要再做什麼事，我都會想起那一巴掌。

最近這次眼睛手術過後，我在家休養了十幾天，決定出門晃晃。但那是個星期一下午，大家都在認命工作，整座城市對我來說感覺像是一間錯的教室，裡頭沒有我認識的同學，沒有我熟悉的老師，沒有屬於我的課程，要是誤闖了就會被鞭數十，驅之別院。所以我打算躲到一個沒人能找到，一個比廁所還遠，比資源回收場還遠，比校門還遠，有金色陽光藍色天空和白色雲朵的地方。

那樣的遠方我只能騎車去。

我跨上剛修好的長輩，一戴上安全帽，耳邊就響起大家喊過的「不要」。你不要再騎了，你不要再唱了，你不要再寫那些沒人看的東西了；你不要再啃老，不要再裝病，不要再用那些你喜歡的事情來情勒別人傷害自己了。小公主在叫，我爸媽在叫，朋友和師長在叫，中醫西醫都在叫，所有人都在叫我不要。

我發動引擎，感覺自己是個大反派，沒有人可以阻止我。

一路上我與長輩完全不停靠。我們不停靠便利商店，不停靠加油站，感覺只要一停下來就會被捉拿遣返，被褫奪自由，被變成豬狗。烈日在催促我們，熱風在掩護我們，遠方在召喚我們。長輩的引擎達到工作溫度，進氣，壓縮，點火，排氣，一分鐘六千五百轉，輪胎熱熔脫屑，沿路散播一小片一小片的我。所剩不多的我，騎出難以反駁的城市，前往路的盡頭。

我們騎上了濱海公路。

海風把鹽抹在我嘴唇上，海水像火焰那樣發藍發燙發亮。我的喜悅變成透明的小蟲子，一隻一隻從我右眼的盲區爬出來。牠們吐出千萬條細絲，將我纏成一枚巨大的繭，繭被海的藍色點燃，煙火那樣炸開，使我在瞬間完成羽化，張開鳳凰翅膀。等我回過神來，自己已經開始在安全帽裡高歌了。我開始唱聖塔露奇雅，我開始唱歐收拉密友，我開始唱〈鼓聲若響〉的「阿司他馬里亞納偶淚死咩掐掐」。我負責唱歌，長輩用排氣管伴奏，綠樹與長草隨著音樂婆娑起舞，浪花與礁石是我們熱烈的聽眾跟著打拍子。我們是海岸線上的一陣疾風，我們是鋼琴鍵盤上一根多情的手指頭，一路滑到最高音，一個鍵都不放過。

直到抵達一片夠寬敞的沙灘，我們才決定下來玩。

我請長輩待在岸上免得被海水鏽蝕，自己則踩上沙灘跑給浪追。我弄溼鞋子與褲管，撿起石頭朝浪裡丟，看小水花消失在大浪中。這就是我的海邊。遊戲的海邊，搖晃的海邊，藏身的海邊，星期一的下午從遙遠的印象中來到我面前的海邊。我的海邊有剛開花的天人菊，有毛茸茸的木麻黃，有褪色的廣告帆布，有被磨成霧面的海玻璃，還有一條看到我就躲起來的黑狗。啊，開車雖然也可以來，但騎機車抵達的海邊，才是我的海邊。

我好喜歡騎車。

可能從阿公阿嬤還能三貼載著我騎機車出去玩的時候就喜歡上了。當時的阿公阿嬤不到六十歲，好年輕啊。我是他們心頭的一塊小漢堡肉，被夾在兩人中間，一路載上草山。阿公後頸的髮油味，阿嬤身上的香皂味，我在兩股氣味中搖啊搖昏睡過去。醒來睜開眼就是滿山的芒草。一朵雲降下來，阿公騎車撞進雲裡面，阿嬤要我伸手去摸摸看，我抓了一掌空。過個彎雲散了，視野大開。綠色的山頭長滿毛茸茸的草，潔白的雲跳著輕飄飄的舞，藍色的天空什麼都沒做，靜悄悄的像神明一樣。這道風景成為我對天堂最初的印象。但我們的車剛抵達停車場，攤販的叫賣聲就打斷我的想像。我在糖葫蘆、小玩具與彈珠汽水之間選了糖葫蘆，咬下去才發現是鳥梨仔，我比較喜歡小番茄的。阿公去踅步道，阿嬤在公園陪我，三個人玩到傍晚才下山。下坡路上我目睹巨大的夕陽降落在城市裡，忽然間亂了呼吸很想哭。我不想回家，不想離開天堂，不想長大，長大的話阿公阿嬤的機車就載不動我了。

我好幼稚。

機車對我來說，會不會真的只是個放大版的搖籃，待在搖籃裡就會快樂的我，或許根本算不上什麼反派騎士，而僅僅是個巨嬰罷了。讀研究所時曾聽學校老師講過，人如果不好好長大，不去發展其他生命角色的話，過了某個時刻就會遭少年的原型吞沒。才華洋溢的靈魂若不顧一切繼續燃燒，便會像天燈那樣飛起來，在受人仰望的同時，也承受著人類集體灼熱的少年夢，最終在高空中燃盡，成為神話。《小王子》的作者聖修伯里，《口是心非》的張雨生，還有不輸給雨不輸給風的宮澤賢治，大家都才華洋溢地死去了。雖然覺得長大很重要，也希望自己不要隨便死掉，但我真的很喜歡騎機車，也很捨不得爬出我的搖籃。

這樣的我要是死掉的話，大概只能當鬼吧。

說到當鬼，就又想起小公主那熱呼呼的一巴掌。那是我第一次挨打後扛住痛沒哭出來。我咬著牙，吞下鹹鹹的眼淚，把可愛的小公主趕出我家，決定從此以後再也不跟她講話。現在想想其實有點後悔，後悔自己急著裝大人。不過心中還有懊悔的話，就代表目前我還在當人吧。那麼今天是誰在為我數一百，又有誰會來海邊抓我呢？

我已經躲好囉。

天空轉入深藍色，海面上幾盞漁燈亮起時，我離開沙灘，騎車到港邊的小店。我叫了份避風塘中卷配白飯，嘎吱嘎吱地吃。餐後挺著肚子走在海堤上，看到一盞淡黃色的漁燈似乎特別大顆。回頭仔細一看，不對，那是月亮啊，今天是農曆十五啊。我右眼不行，但左眼看得很清楚：巨大的滿月立在漆黑的海面上，它的浮光掠過整片海，向我伸出一隻銀白色的大手——

啊，我被月亮抓到了。

我結束這回合的躲藏，舉起手機拍照投降。海面反射的月光像是一座通往月球的橋，那是我還不能踏上的橋。我是月亮交棒的鬼，現在必須回家去了。回程的路上月亮漸漸升高，月色由昏黃轉為潔白，像醜小鴨長大變成天鵝那樣。在天鵝月光的照看下，我是騎車的鬼。我與長輩滑過一盞又一盞路燈，一公里一公里逼近，慢慢地數到一百。

小公主躲好了，阿公阿嬤躲好了，我今日的體驗、往昔的回憶以及對未來的恐懼都躲好了。大家躲在一片無言的空白中，躲在夜的深處，等著我一個字一個字將他們寫出來。

最後我當然是寫作的鬼。我一到家就在電腦前坐定，趁著剛摘下安全帽，腦門的熱氣與海風還沒散盡，趕緊打開一個空白文件檔，從「我討厭騎車」開始寫這篇文章。

輯右・依靠路肩

騎新車的伊卡洛斯

最近一次去車行換機油，我趁我灰濛濛的老車正在接受技師保養，跑去摸摸店門口的待售新車。最新款型號搭載最新式引擎，車殼烤漆光潔如鏡，新車頭上的閃亮燈具像年輕鳥兒的新眼睛，眼睛們擠在小窩裡盼望著牠們即將馳騁的公路。

好新，真羨慕。

同時，車行老闆正在對店門口的三個人說話。那是一對中年夫妻，帶著他們二十歲左右的兒子來買車。兒子已經跨坐在新車上，頭戴白色安全帽的爸爸向身穿藍襯衫的老闆問話，長腿的媽媽在一旁聽著。

爸爸問：「有什麼問題，牽回來修就好了嗎？」「不會有問題的。」老闆笑著說。牽了新車的兒子頭低低凝視著儀表板，像個抱著幼犬的男孩，正在用無言的方式為愛車命名。

「等一下要跟好喔。」爸爸一句話把兒子輕輕喚回現實，然後跨上另一輛白色的破舊機車，媽媽則俐落地跟著跳上舊車後座。夫妻倆背對著兒子將機車騎下坡道。

兒子發動機車的瞬間，引擎震動通過他的全身，他對這股全新的力量感到畏懼且興奮。他雙手掐著煞車，緊握龍頭，彷彿一催油機車就會飛起來。這時爸爸偏頭看了一眼後照鏡，確認兒子還在身後，一面擔心兒子不會飛，一面又怕兒子飛太高，簡直像希臘神話中的戴達羅斯。

新車上的兒子伊卡洛斯，全身上下都是新的。新外套，新球鞋，新安全帽，嶄新即是脆弱。只要一滴雨就會汙損，只要一刮傷就會流淚，只要一靠近太陽，他用蠟和羽毛做的新翅膀就會融化。車行老闆察覺伊卡洛斯的不安，提醒他：「新輪胎有一層胎蠟，過彎放慢，肩膀放鬆騎就好。」

爸爸騎下斜坡，遲遲不上路。為了讓兒子安全跟上，他觀望車流，直到紅燈亮起，路口淨空他才緩緩起步。

騎新車的伊卡洛斯雙腳撐在地上，搖晃了一下才抓到平衡。爸爸戴達羅斯看著後照鏡，車行老闆也注視著這孩子，連我這旁觀的客人都在捏冷汗。這新手騎士真的能靠自己的力量，為每一次的起步、過彎、煞車、加速、停止，做出安全正確的決定嗎？

沒人知道。

希臘神話中的戴達羅斯，為了帶兒子伊卡洛斯逃離迷宮監獄，用蠟和羽毛製作了兩對翅膀，一對給兒子一對給自己。起飛前他告誡兒子別飛太高，否則蠟被太陽融化他就會墜落；也別飛太低，羽毛被海水打溼也會很慘。兒子跨上自己的機車，騎上自己的路，必須開始為自己的自由負責。希望今日的伊卡洛斯能記得父親的話，這樣他們應該可以共騎一段長路吧，或許還能一起環島也說不定呢。

啊，牽新車真好啊。

回頭我才發現自己的老車已經保養完畢，它蒙上眼翳的車燈正在瞪著我。它說得對，那種翅膀一不小心就會融化的時期，一生一次就夠了。

想念我的鴨兄弟們

上回寫別人牽新車，這回寫自己牽新車時的事。

十八歲那年夏天，我跟幾個好朋友一起考到駕照，大夥到同一家車行買新車，終結了我們的腳踏車時代。騎著新車的幾個少年，一放假就像陣風那樣到處玩。雨天網咖，晴天打球，熱天游泳，游完吃牛排。

我明明也騎新車，卻總是掉在隊伍的最後。

上路前我很會摸。需要找鑰匙的時間，戴手套的時間，擦乾淨安全帽鏡片和調整後照鏡的時間，還有在腦海中預想地圖的時間，我需要各種時間。但同伴們總是一跳上車就轟轟上路，簡直像後頭有什麼殺人魔正在追殺他們似的。

追不上隊伍的我曾試過這樣安慰自己：「你不慢，你是在暖車，車暖了才騎得久，你的車一定會比大家的更長壽。」但這種話術沒辦法讓人心情好轉，我需要更積極的態度——在某方面落後，就在另一方面追回來。

我吃東西很快。

有一回大家一起去吃牛排，找不到車位的我雖然最慢入席，但我的牛排一上桌，我就用參加大胃王比賽的氣勢掃光鑄鐵盤上的一切。然後像挖黃金的礦工那樣，撲進冷凍庫裡，拚命挖掘凍成硬塊的免費冰淇淋，也不分紅白黑黃，就把一球一球的冰往嘴裡送。

一陣劇烈的痛楚從鼻腔底層襲腦而來，呃啊。

午後陽光穿過玻璃門斜射進牛排店的地面，沙拉吧台上每一片生菜都在顫抖，汽水機裡頭每一顆氣泡都在憋笑……同伴們看我痛苦皺眉，先哈哈大笑，接著才故作溫情地問：「又沒人跟你搶，胖子吃那麼快何必呢？」大家精準但毫無同情心的評論擊潰了我，這時要是落淚，搞不好還會被他們取笑那是滿出來的冰淇淋。

含著淚與冰淇淋我下定決心。

我決定自己玩，嘗試獨自騎車到較遠的地方。我誤讀地圖，錯估里程，到處晃來晃去。山路彎成溫柔的搖籃曲，海風颳出熱淚的搖滾樂，一座一座的城鎮擊穿了我，眼前孤獨的長路在我心中發出難以向他人說明的火光。我不再只是那個害怕落單的小胖子。一塊路標曾輕輕對我說：「你自由了。」

這一單飛，十多年如一陣煙飄過。回頭想約同伴們出去玩，才發現大家都走散了。有人的車遭竊，有人把車賣掉，有人的車被撞爛了，兄弟們一個一個被生活拔掉羽毛，想要逃卻飛不起來，只能用像鴨子一樣毫無抓握力可言的腳蹼，踏上婚姻家庭育兒買房的險路，離烤鴨越來越近。

而我繼續騎著同一輛車到處晃。

前陣子在路上遇到一群騎新車的大學生，他們一邊等紅燈一邊笑鬧的模樣真令人懷念。於是綠燈亮起時，我放慢車速讓他們先出發，然後將同伴們的背影從回憶中召喚出來，投射在他們身上，追在後頭騎了小一段。

結果他們也騎得很快，不過兩個路口就消失了。

騎出時間的無風帶

暑假一到，又是考機車駕照的季節，河濱機車練習場被新手騎士填滿了。大家在起點排隊，一輛出去接著下一輛。有人看來很熟練，順利通關；有人緊盯油漆標線，一催油輪胎就輾出界……有人找朋友一起來，有人陪著戀人來，有人被家人抓來練。

天氣很熱，場面溫馨。

當然也有人寧可到駕訓班，向專業的教練學習安全且標準的騎車方式。但我想騎機車這項技能，大多仍是在社會關係、愛情關係或家庭關係中被傳授的吧。在機車練習場上，人們出借自己的心愛的坐騎，以原始且親密的方式，把自己的本事傳授給尚未有經驗的親友、伴侶或後代。在這傳授與學習中，關係受到拉扯，感情也被加深：父母受兒女挑戰，朋友被朋友刺激，戀人發現戀人的脾氣。騎機車這件事作為課題與象徵，在每種關係中的意義都不大一樣。但機車的速度感、危險性，以及操作機械的體驗與壓力，或許會使這個練車的午後時光，成為某些新手騎士一生中重要的場景，留存在記憶中吧。

看著大家在烈日下練車的模樣，想起一件往事。

十八歲買新車那年，我有個暗戀的對象。對方剛開始在外地生活，某晚聊天她提到，還是騎機車比較方便，想考張駕照。當時我知道自己再拖拉下去，會永遠困在她心中的純友誼無風帶，決定把握這個超友誼的大好機會，告訴對方：「暑假回來，我可以陪你練車。」

她接受了。

我們約在捷運站外，一碰面就直接騎車到河濱公園。當時河濱還沒有專用的練車場，我選了一塊安全且不曬的橋下空地。簡單說明機車如何操作後，就讓對方上車。嬌小的她一爬上車，四周忽然安靜下來，風不吹鳥也不叫了。她全身僵硬，踮著腳尖，發動機車——

下一秒她就連人帶車噴飛了出去。

放油門啊，拉煞車啊，我大喊。但她太緊張完全聽不見，我只能目送愛車與我暗戀的女生一起摔進路邊的草叢裡。

慘痛的是，那一刻我發現了自己的真心——出事後我竟先去救車，接著才查看對方傷勢（僅有擦傷）。困在純友誼無風帶的我，在那個下午被自己徹底擊沉了。

現在想想，那一摔，或許是愛車的反抗吧。身為新車的它，大概不願輕易接受他人的操縱，也不同意我的企圖，所以才會像一匹野馬那樣把對方甩出去，毀掉我的求偶計畫。那次之後，要去哪裡，可以載誰，能否出借，我都會先問愛車的意願。

沿堤外便道繼續向前騎，我騎出時間的無風帶。後照鏡中的影像流動起來，練車場越來越小。在夏季的熱風中，眼前這段金黃色的時光也將成為回憶。我胸口忽然有股強烈的感激，這心意無處可去，便放鬆油門，對十多年來同一輛愛車慢慢地說：「有你真好。」

載人與被載

騎機車的話，騎士與乘客，你習慣哪一種身分呢？

我的第一位乘客是我阿公。他載我到監理站考駕照，回程時他跨上後座，抓著扶手，要剛拿到駕照的我載他回家。他那輛老車的避震器已經軟了，只要稍有顛簸，整輛車就晃得像波浪中的一艘小船。但不曉得為什麼，我完全不害怕，反而能清楚感受到阿公身體的重量透過車子傳來。我跟上那搖擺的節奏，找到重心，在阿公無言的指導下轉彎，前行，停等，朝著家的方向騎回去。

快要到家之前，阿公在後座輕輕吐出一句：「好快啊，一下子二十年了。」那瞬間，我才明白自己通過了真正的考驗——被阿公全身全心信任，並擔起責任，把他安全載回家。這就是我第一次騎車載人的經驗，這就是我的成年禮。

這些年來在夜歸的路上，我經常遇到少年騎士與少女乘客的危險組合。騎士明知道自己後座載著短褲的女孩子，卻仍騎得飛快；在後座的少女也知道少年是危險的，卻還是抱緊少年的身體，彷彿世界上再也沒有另一個人可以相信。遇見這樣的組合，的確會想勸勸這些新進騎士。但我其實了解少年那股想要突破極限的衝動，也知道純粹的信任能為少女帶來一種不可思議的一體感。想想，竟有一點羨慕。

因為考到駕照以後，我就很少被載了。有幾年我實在太胖，若坐在後座，整輛車的重心就會脫離騎士的掌控，因此身邊沒什麼人敢載。某年我曾與一位體重比我輕四十公斤的朋友，約好共騎一輛機車長途旅行。輪到對方騎車的時候，我卻因為不安，把重心搶到自己屁股底下，在後座用體重控制每一個過彎的角度。結果騎不到十公里，朋友就停車，冷冷地拋下一句：「不相信我的話就算了，你來騎吧。」

「只知道自己值得信賴，卻不敢相信別人的傢伙，到頭來只會變得自負且傲慢吧。」後來我有這番反省。

很幸運的，近年我體重減輕了些，偶爾有機會被朋友載，就會特別珍惜，試著全心信任對方。有一次竟在朋友的機車後座想起跟阿公阿嬤三貼上陽明山玩的畫面。阿嬤的毛衣刺刺的，阿公的夾克臭臭的，微涼的風吹過樹梢，每一片葉子都在掌聲歡迎我們，太陽是蛋黃，白雲是棉花糖，我是一片快樂的三明治火腿，夾在阿公跟阿嬤之間香香甜甜……因為回想起這份身為乘客的甜蜜，而偷偷落淚。不過能想起來真的太好了。

載人與被載，幾乎就像是愛與被愛那樣，都是生命中很重要的經驗。若偏廢一方，恐怕都會留下很大的缺憾吧。不過毫無缺憾的人生，會不會其實很無聊呢？

總之，老是在當騎士的朋友們，若有機會的話，偶爾被載一下也很不錯喔。

點火線圈劈哩啪啦

再怎麼愛惜車子，還是會遇到故障。

兩年多前我阿嬤過世，家族在八里辦法會，法會結束後我從八里騎車回台北，趕著赴約去吃拉麵。才剛下台北橋沒多久就遇上一場大雨，雨水像要把整座城市沖刷乾淨那樣從天而降，我覺得自己騎進了巨人的浴缸，到處都好滑好滑好滑，要是摔倒了肯定會被沖進排水溝裡順著大雨流入海中再也回不到人間了吧。

當我停在雨中等紅燈，想著另一個世界的時候，機車引擎的轉速忽然落底，嘆了一口氣就熄火了。我把車子牽上人行道，試著電發，啟動馬達唉呦了一下，曲軸噢呦了一聲，引擎欸欸欸運轉起來，但當我一跨上車，整部機器卻又立刻停擺，彷彿車子本身不願意上路那樣。

重複電發幾次都失敗，電瓶也沒電了。決定試試踩發。拉出機車左後方踩發桿的踏條，用右腳踩穩，再抱著做心肺復甦術的敬意，大力往前踹。車發動了一秒，燈閃了一下，卻還是不給騎。沒別的辦法，只好先打電話向朋友道歉，拉麵改約晚上吃。拋錨地點離家只有兩公里，決定自己把車推回家。

我推著一百四十公斤重的機車緩步前進，雨水鑽進雨衣裡，汗水又出不去，安全帽是溼的，襪子是溼的，連靈魂都溼透了。忽然好想回家，好想回家，想著想著非常不甘心，眼淚一顆一顆滾出來。我好想阿嬤。

推車的沉重感跟推阿嬤病床的記憶合而為一。阿嬤你是不是就在機車後座，以為法會後可以搭你金孫的車直接回家，卻發現他居然要去吃拉麵，所以才不讓他把車騎走呢？

阿嬤沒有回答。

車推到家門前，我停下來喘，頭一抬，雨停了。轉動鑰匙，試按了一下電發鈕，引擎竟然轟轟復活了。先前的熄火簡直像是假裝的。

趁著這次發動，直接騎去車行，請技師檢修。技師聽完狀況描述，牽來一條水管，對著車底沖水，原本運轉中的機車立即熄火。他解釋：「你的點火線圈漏電了，是因為剛才雨停了你才能發得動。」技師拆下舊線圈，為我換上新的，故障迅速排除。原來根本沒必要推車，也不必急著回家，只要在原地等雨停就好了。原來一切都只是線圈漏電，跟阿嬤一點關係都沒有。

晚上吃拉麵的時候，向朋友提起車子故障的事，朋友夾起一塊叉燒，對著叉燒說：「不只是線圈吧？那輛車跟你那麼久，搞不好有一點靈性了，才會要你先回家一趟。」朋友這隨口的詮釋，讓我心頭一陣熱燙，驟雨有了意義，故障也有意義，把車推回家的傻氣和對阿嬤的思念都有意義。這正是一個活生生的人所需要的肯定。

低頭吸麵條的時候，我眼淚差點掉進麵湯裡。自己心中的點火線圈被重新接上了，小小的火花在靈魂深處劈哩啪啦。

將來的某個晴天

趁著天氣放晴，請車行師傅幫我們換了新的輪胎、機油和電瓶。我們出門試車。由於某些零件被更新，你靈活了起來，你冷冷的坐墊上我屁股微涼，感覺我如果沒抓緊龍頭跟上的話，你或許會離開我也說不定。

抬頭看天空，發現天邊竟然一朵雲都沒有。金色陽光照在大街上，肉眼可見的被一切都被銳利化。建築物的輪廓，行人的眼睫毛，路燈柱上張貼的搬家廣告電話號碼，大量新資訊侵入我的體內，我的感知範圍膨脹起來，穿越藍天延伸到無限遠的宇宙深處，這使我不自覺地開始思考關於將來的事。

同時，像是為了與眼前的新資訊抗衡，埋伏在意識深處的回憶，一口氣湧上來突擊隊那樣將我團團包圍。這個晴天令我想起好幾個類似的晴天，有小時候騎腳踏車的晴天，有高中放學跟喜歡的人一起搭公車的晴天，有騎著機車趕去醫院見家人最後一面的晴天……

一面想像將來，一面受回憶包圍，處於多種時態中的我相當心慌。

先想想將來。路上到處都是電動車了，就算我們的排氣管符合十幾年前最高的環保標準，將來某天我們一定會聽見旁人低聲說：「欸，那輛燃油車好臭啊！」就算我們擁有足夠的備用零件可以維繫彼此的存在，十多年後或更遠的將來，環保法規一定會變得更加嚴格。我們極有可能會被禁止上路，到時候我們要嘛放棄彼此，要嘛就是成為在暗夜中潛行的非法騎士。

我們的將來似乎是一片黑暗啊。

那想想過去。十多年前初遇時，我們身上一道刮痕都沒有，我們熱情，我們徹底，我們懷抱希望與野心，覺得自己是進攻的那一方。我們還沒經歷過任何慘痛的攻守交換，我們還不知道貌似無限的一切都在倒數，貪婪地對著一切高喊安可安可安可……

眼前這個晴天，下去就不會再上來了。

這是我們熟悉的路口——燒臘店門前一串排隊的客人在等著外帶，一隻老黃狗坐在路邊瞇眼望向遠方，一群麻雀在屋簷與地面之間飛來飛去，一架客機壓低肚子像個暴躁的巨人那樣轟轟跨過我們的頭頂。而燒臘客人、黃狗和麻雀，誰都沒被那飛機嚇著。

大家都不是新來的了。

我們騎過紅綠燈，左轉抵達一座大公園。我們停車，進去散步。公園中央有一座溜滑梯，孩子們玩得滿身是汗，幾個穿百褶裙的女高中生拿著飲料，擠在一張長椅上聊天。長椅後方有一棵遠看像花椰菜的大樹，我朝那花椰菜走去，一路上金色的陽光像一條暖被披在我的背上，這溫暖讓我回魂。

我繞著樹轉了一圈，然後像陣風那樣四處晃，直到傍晚才離開公園回到你身旁。坐上車，發現座墊也被曬熱了，回家路上我屁股暖暖的。

將來的某個晴天，我們一定會想起現在的這個。

星星蟲蟲與燈燈

清涼的晚風在呼喚，抓一件薄外套就出發，夜遊吧。

今晚我們不看夜景，夜景就是城市，城市的燈火雖然能讓我們遠離暗夜，卻也使我們看不見星星。星星總是讓人想念家人想念朋友，想念那些已經不在人世的至愛至親，並意識到自己在宇宙中只是一個渺小短暫的存在。星星會害我們變得太誠實，如果每個人每天晚上都對自己誠實的話，這座城市也許就無法依照它現有的假設繼續運作下去。

既然不想向星星坦露太多自己的心事，就趁著季節對，去找螢火蟲。

夜晚的山路我們要慢慢騎。路中央有青蛙盤腿沉思，霧裡頭有蝸牛伸長脖子，可別輾到大家了。路的兩旁就是森林，森林總是想要把路收回去，樹根在鑽探，蘚苔在爬行，種子抽出小苗穿過柏油路面撐開縫隙。因為森林，因為彎道，因為陡坡，也因為黑暗，前方的路面彷彿隨時會消失。夜遊的人之所以脫離城市，騎車上山，正是因為我們渴求著那份不穩定感。我們的心很煩躁，想要躲進黑暗中，與這個世界暫時分離。

連續彎路再一公里，到平溪了。

山間小溪旁的路燈包了紅色的玻璃紙，那是專為螢火蟲設置的季節限定紅燈區。禮貌的客人啊，請把車停在紅燈區外。

徒步穿過紅光，踏著石階往山裡去，天色昏暗，瞳孔散開，我們找到一塊被樹林包圍的空曠草地。這時夜晚像一部電梯那樣開始下沉，我們跟幾百隻螢火蟲關在一起保持沉默，直到抵達預定的深度，大門才打開。門一開，蟲子們就立刻叮叮咚咚亮起來，搖著發光的屁股飛進舞池裡。大家自我介紹，大家開始約會，大家把握時間喔咿喔咿喔——。能不能找到伴，能不能有後代，能不能讓今晚成為永恆，就全看這場畢業舞會了。

草叢中有一片發亮的葉子，是一隻害羞的小傢伙躲後面。我們什麼都不懂，卻還是勸牠：「親愛的螢火蟲君啊，加入大家吧，不要因為愛下去就會死而退縮啊，舞會一結束就什麼都沒有囉。」

牠沒有回話。

天色更黑了。一隻飛鼠跳過一棵樹，表明了牠的身分。不同品種的青蛙們呱啦呱啦互相叫陣，牠們並不曉得暗中有蛇在準備用餐。一陣晚風吹起，好幾棵樹一起擺手送客，是下山的時候了。

臨走前我們突發奇想，對著忽明忽滅的螢火蟲們祈願。可愛的螢火蟲啊，請保佑我們能有一個盛大的夏天，一個全新的學年，也請保佑我們平安度過漫長的蛹期和激烈的重組，獲得羽化的機會。

這時我們抬頭一看，天上有幾個搖曳的小光點。啊，那不是會讓我們落淚的星星，也不是螢火蟲，而是全職的願望工作者——是天燈。

幾顆全身上下被寫滿願望的天燈在夜空中緩緩飄行，它們翻過一座山頭之後，就消失不見了。

一起吃洋蔥輪流掉眼淚

J哥現在三十出頭歲，是外商公司的工程師，在經歷人生種種考驗後，成為了不起的大人。我們在高中時代是雙胖子組合。

大學的第二個暑假，我約他一起騎腳踏車環島。我說：「一天一百公里，兩個禮拜悠悠哉哉騎完。」他說他沒腳踏車，我幫他弄到一台。我們從台北出發，沿西岸往南，再走花東返北。訂好房間以後，兩個小胖呆就這麼浩浩蕩蕩上路了。

出發的那天，天空太藍氣溫太高我太興奮，還沒騎出大台北，就輾到鐵釘爆了胎。平常沒在運動的我，光是換胎打氣命就去掉半條。再次上路時，J哥好意在前頭領騎破風，但我很快就追不上他。落在後頭的我，望著J哥的背影才發現他比高中時代瘦了許多。啊，原來他一直有在運動。

我感覺自己遭到背叛，一邊腿軟一邊忌妒起來。

「這傢伙怎麼可以丟下我，自私地瘦下來呢？這傢伙怎麼可以物理化學數學成績都比我好，留在自然組考上理科的好大學還加入排球隊呢？這傢伙怎麼可以下定決心，就堅持到底呢？啊，我們明明就變成好朋友了，我為什麼沒辦法變得跟他一樣棒呢！」我越想越恨，越踩越快，以為自己可以把憤怒化為力量的那一瞬間，我就抽筋了。

嗚啊，這可是環島的第一天啊！

我在一個荒涼的十字路口倒下，抱著腿打滾。J哥發覺我沒跟上，折返救援。他幫我按摩，教我拉筋，陪我慢慢騎。台北到新竹湖口短短六十公里路，我們騎了一整天。晚上我們在J哥的親戚家過夜，他傳授我各種拉筋的密技，講解運動時補水和電解質的原則。但隔天一上路，連新竹市區都還沒騎到，我的兩隻腳竟然一起抽筋了。

我癱坐在路邊，看著那雙只會抽筋的粗腿，自信全毀。喪氣地對J哥說：「別管我了，自己往前騎吧。」J哥說不出話來。他並不希望我放棄，但他也明白自己無法一面照顧我一面環島。

天空還是太藍，氣溫還是太高，但腳抽筋的我腦筋忽然動了。我說：「不然我回家騎機車下來。今晚應該可以在台中趕上你。」這個決定，讓我與J哥分離，使我們成為兩個獨立的個體。

我牽著腳踏車，一跛一跛走到新竹火車站，搭車回台北。到家洗個澡喘口氣，下午三點發動機車，沿西濱一路往南追趕，直奔台中。

當晚，我與J哥在豐原一間便利商店會合。他喝了一口梅子綠茶對我說：「苗栗進台中前有一段路上上下下，很難騎，幸好你放棄了，不然我們會一起死在半路上。」聽他這麼說，我鬆一口氣。他不但獨自克服了難關，還原諒了我的叛逃。

接下來的旅程，我們在嘉義、高雄各過一夜，然後前往墾丁。我騎著機車吹暖烘烘的風，感覺自由。當我開始有一點點孤單的時候，就停下來等騎腳踏車的J哥追上我。我們在同一條路上，用各自的速度前進。每一次碰面我都更加確定，無論我再怎麼認同他，也不必跟他黏在一塊，變成同一個人。

當我為自己找到叛逃的藉口之後，我就快樂了起來。

快樂的我經過車城，發現有人在路邊賣快樂的洋蔥，一大袋三十幾顆只要兩百元，太快樂了。買一袋，綁在機車後座。見面時J哥看到嚇一跳，問我那麼多洋蔥怎麼回事。我說長路漫漫，邊騎邊吃。晚上我們到墾丁大街，買兩盒山豬肉帶回民宿，把生洋蔥切成漢堡麵包那麼厚，夾著肉吃。一邊看電視一邊吃得眼淚直流，快樂過頭了。這時，電視台氣象主播突然說：「鳳凰颱風預計將從台東登陸。」

我倆執手相望淚眼，決定改天再把東海岸騎完。颱風真是一個完美的藉口。那晚我們放下環島的野心，咕嚕咕嚕喝啤酒，咖滋咖滋吃洋蔥，呼嚕呼嚕睡到自然醒。

隔天中午，J哥把腳踏車塞進客運貨艙，直接從墾丁搭回台北。我則把機車騎回高雄託運，再一路抱著二十幾顆洋蔥搭車回家。

十幾年後，J哥成為飛來飛去的工程師，是個堂堂正正的好傢伙。我則擅長找各種藉口，用近乎作弊的方式歪七扭八地摸了過來。在成為大人的苦旅中，我與J哥經常碰面，有時一起吃洋蔥，有時輪流掉眼淚。

截至本文交稿前，兩個人仍是好朋友。

在北風面前為太陽寬衣

去年（二〇二〇）夏至前後，我跟朋友從新竹出發一起騎機車過北橫，像十八歲那年一樣到蘇澳去泡冷泉。一路上陽光烈烈，微風涼涼。我們到拉拉山上摸了好幾棵神木，接著朝宜蘭方向下山。途中天色忽然暗下來，明明沒有雲啊，為什麼太陽那麼沒力？在樹蔭下停車仔細一看，滿地都是一圈一圈環型的光，兩個人這才都叫出來：「啊，今天日環蝕。」

後來一路上我都在想太陽的事。

想起在高中課本上讀到的太陽，太陽受萬有引力作用，巨大質量朝內收縮形成高壓，壓力與溫度觸發了核融合，內心爆發出的能量要求它膨脹，但它外層的質量卻持續壓迫著自己。原來陽光是熱力與引力在體內交戰，太陽是一顆擁有很多心事，好熱好痛好辛苦的星星。

我喜歡這樣的太陽。

朝東離開拉拉山，陽光斜照在我們的背上，漸漸恢復成下午四點該有的亮度。在暖暖的金光中，我覺得自己與山上每一片樹葉都是兄弟姊妹，路邊的小石頭，隧道口的蝴蝶，溪谷盤旋的老鷹，大家都是受陽光加熱，微微膨脹的夥伴。一想到這就衝動，想脫掉上衣，對著復活的太陽大喊：「曬我吧，用力地曬我吧！」

不曉得太陽聽到這番喊話，會興奮還是會怕怕呢？

路很長，騎士的心中浮現各種假設。要是我真的在北風面前為太陽寬衣，伊索寓言中的太陽鐵定會大笑宣告自己的勝利。落敗的北風只能在一旁呼呼地說喪氣話：「那些衣服怎麼都吹不掉啦……」北風其實你有點北七，你最擅長的是把雨傘吹爛啊，為什麼看到一個穿斗篷的旅人，就拿他穿衣服的心情來跟太陽輸贏呢？太陽君也別太臭屁，人類穿脫衣服的理由百百種，如果遇到防曬狂的話，你說不定會輸喔。若兩位真要比個高下，還是比發電吧。我們人類會制定出公平的遊戲規則，提供場地與道具，將二位的發電量換算成精確的數字，讓雙方都服氣，請把比賽主辦權交給我們吧。（人類靠著激化太陽與北風的對立，可以收割更多電力，哇哈哈。）

抵達蘇澳時，太陽下山了。

北風與太陽都沒能扒掉我們的衣服，讓我們脫光的是蘇澳冷泉。兩名三十二歲的男子因為想起了十八歲的自己而活跳跳了起來，大步跨進冷泉中。水深及腰，氣泡沿著我們的腳底一路往上爬，爬滿膝蓋，然後大腿，最後股間。冷泉就跟碳酸汽水一樣冰，我們能縮的器官全都縮起來了。

這時朋友與我對望，兩男之間瀰漫著對決的氣息。下一秒，他一屁股坐進冷泉中，果然是永遠的十八歲。我雖也懷有同樣的壯志，但只剩一張嘴，整個人是一顆活生生的敏感性牙齒，冷泉真的太冰太痛太刺激，我只能緩緩蹲入水中。輸啦。

喜歡太陽的我，如今也能懂北風的心情了。

三槍五門洗車夜

週日上午要是出太陽，就會想洗車。這些年來我習慣提一桶水，抓一塊海綿，自己一個人蹲在家門前慢慢搓。

先摸一摸車殼上無法癒合的傷痕，和車子討論要不要補漆。它說：「補漆嗎？不必，補了顏色也不對。」再掐一掐輪胎肉，問還能再撐多少公里。「大概兩千吧。」最後把手指當唱針，順著煞車碟盤磨出來的溝紋，哼起歌來。沖水，刷洗，擦乾，是純粹且神聖的快樂。

但我也記得剛牽新車的頭兩年，朋友們常會一起去自助洗車場玩耍，那是另一種快樂。

自助洗車場的世界是由三把槍構成的——泡沫槍，水槍與風槍。這三把槍分別帶給我們截然不同的體驗：被泡沫噴到會很煩，被高壓水槍打到會爆痛，被風槍吹到會超冷。我們以洗車為名，行玩水之實，變成了互鬧的三槍俠。雖然造成其他顧客的困擾，但玩得又煩又痛又冷，真的很開心。

十幾年過去了，其中一位三槍俠買了輛全新的五門休旅車，成為五門哥。某夜，五門哥驅車來載我，說趁他太太回娘家，要我陪他去夜洗。十多年後，我們重返同一家自助洗車場，發現整個地方都變小了。

不，是我們長大了。

五門哥投幣，操起泡沫槍，三十秒內就把新車噴成一塊巨大的鮮奶油蛋糕。然後他停手，說要讓泡沫咬一下汙垢。隨後他亮出手機，要我看他兩歲的兒子的照片。我問：「小朋友怎麼戴眼鏡了呢？」他說：「斜視，是矯正眼鏡。」我接過他的手機，再滑幾張照片，這時五門哥又投了一枚硬幣到機器裡，加壓馬達轟轟運轉起來。在噪音中，我聽見一句熟悉的問候——「欸，要不要爽一下啊？」五門哥舉起水槍，把槍口對準我。他還不曉得，我也變成一個有點糟糕的大人了。我以他的手機為盾，螢幕朝向他，撂下狠話：「你試試看啊，別忘了，你兒子還在我手上。」

我們大笑。我們很久沒有一起大笑了。

水槍沖掉泡沫，風槍吹散水珠，隨便洗洗就收工了。我說：「看起來沒差啊。」「洗車只是順便嘛。」五門哥說，很久沒跟自己人碰，比起坐在咖啡廳裡戴著口罩談心，回到這裡玩水比較自在。

回程也是他送我，深夜的路面平坦得像剛被熨過的襯衫，兩個人靜靜望著路的前方，路燈一支一支被拋在後頭。確認彼此都好好地活著，一起笑一笑，也就沒有更多的話需要說。

我家到了。五門哥靠路邊停，放我下車。我對著車尾燈揮手道別。這一秒還在羨慕他，覺得買新車真不錯，下一秒就看見我停在騎樓下的老機車正用它白內障的車頭燈盯著我。我身上還殘留著泡泡香，剛剛去玩水的事大概瞞不住了。

「只是去陪朋友洗車而已，別氣了。」我拍一拍機車坐墊，忽然覺得這個夜晚有點涼。

也想當隻兜風狗

每次看到別人載著自己的狗出來兜風，都會忍不住多瞄幾眼。好羨慕車上有狗的人啊。那些騎士等紅燈的時候既不滑手機，也不發呆，他們可以摸狗。小黑狗抬起頭，望著大肚子的阿伯騎士。面容凶惡的阿伯溫柔地伸手，搓搓那狗的小腦袋，黑狗輕輕閉眼很享受的樣子，惡伯瞬間變成和藹的巨人。車上有狗的話，半路停下來互罵的人一定會變少；車上有狗的話，飆車的青少年一定會慢下來；車上有狗的話，無論是騎到哪，都是出去玩。一隻巨大的哈士奇尾巴垂下來沿路掃地令人擔心；兩條臘腸狗像一雙收在盒子裡的鞋那樣頭尾相對；三隻柯基黏在一起變成可愛地獄三頭犬。看牠們在風中滴下的口水，吐出的舌頭，飛舞的大耳朵；看牠們側身站在機車踏板上那種一車之王的自在身姿；看牠們眺望遠方時那通曉一切又帶點憂鬱的神情，兜風的狗兒們也許已經洞悉這宇宙的真理了。

如果哪天我也能有一隻狗，我一定會經常騎車載牠到河邊吹風，找機會向牠請教關於宇宙的事。

理想的狗，像史努比——史努比雖然有點瞧不起主人查理布朗，但總是會在他需要幫忙的時候推一把。跟史奴比一起兜風，牠當然會覺得自己才是機車的駕駛員。搞不好每天都要搶先我一步跳上車，腳爪放在座墊上望著我，把一朵對話框專用的雲拋過來說：「快上車，要出發了。」

小時候我跟弟弟曾聯手向爸媽央求養狗。爸媽不答應，他們說：「養你們兩隻就已經要瘋掉了。」但後來爸媽還是讓我們先養一些比較小的動物試試，結果我們害死了鬥魚、寄居蟹、蠶寶寶，成為了連環殺手。每次我們都垂頭喪氣地互相責怪：「都你啦！」直到某個暑假，家裡裝了電腦，我們才不再提養狗的事。

前陣子媽媽整理起老相簿，翻到一張泛黃的小照片，裡頭有一隻泛黃的小白狗。媽媽說那白狗的名字叫球球。球球活到十幾歲，某一天忽然走丟了。媽媽看到自己的狗，才說：「你爸小時候也養過一隻狗，他可能是不願意再養別的狗，才不讓你們養。」

看到球球的照片以後我忽然有個念頭，弟弟跟我會不會是爸媽各自養的狗的轉世呢？媽媽曾叫過我球球，不曉得爸爸的狗叫做什麼名字。如果弟弟前世是條狗，他的名字說不定就叫做「弟弟」喔。

而我唯一載過的寵物是一盆酪梨樹。

那天我把所有家當綁在機車上，從暫住了幾個月的小屋搬回家。一路上酪梨葉子發出啪哃啪哃的聲響，我好擔心那嫩綠的小葉子被風打傷，所以騎得比腳踏車還慢，一停紅燈就摸一摸葉子。

如果有緣，還是想載一次狗。或者反過來，假如一個不小心變成狗的話，被人載著到處去兜風，似乎也是相當不錯的一生。

騎車要小心喔

學會騎腳踏車後，我就想要騎車到處玩。但媽媽只准我牽車到學校騎，不許我上路。週末傍晚牽著黃色腳踏車的八歲男童，把學校當成遊樂園，滑下輪椅坡道，劃破雨後水坑，用小小的輪胎在草地與沙坑間越野。

有一回，我騎車闖進ＰＵ跑道，被學校保全阿伯看到。阿伯對著操場大吼：「不准騎車，跑道刮壞你要賠嗎？」樹上、水池、溜滑梯每一間教室每一扇門窗都是保全阿伯的罵聲，我嚇得立刻騎車逃出學校。

一騎出校門口，就碰到更可怕的人，我媽。

這次換她大吼：「怎麼跟你說的，馬路上，馬路上，馬路上不准騎車！」媽媽罵聲如雷，騎童車的小男孩緩緩爬下車。學校有警衛，路上有媽媽，遠方的夕陽救不了他，只能投降，回家等著完蛋。

可一進家門媽媽卻痛哭起來。

「你知不知道，除了大舅、二舅之外，你還有個三舅。你三舅只活到二十六歲呀，他騎機車被撞死了……」媽媽一面擤鼻涕，一面拿棍子指著我，咬牙說：「你現在就發誓，你以後絕對不騎機車。」

那句誓言我沒忘。

但十七歲時，我還是瞞著媽買了一輛腳踏車，停在家附近，每天騎去上學。直到考大學前才向她坦承騎腳踏車的事——因為接下來，我打算開始騎機車。經歷無數輪爭吵、哭鬧、情勒和談判，放榜後某天媽媽才嘆口氣說：「好吧。」然後像忽然換了另一個人上來說話似的，媽媽的語氣變得有點調皮，她說：「但你絕對不能讓你爺爺奶奶知道，不然我一定會被罵死。」

好一個代代相瞞。

我騎車的事爺爺（外公）直到過世都不知情，卻瞞不過奶奶（外婆）。幾年前與奶奶吃母親節烤鴨大餐時，我遲到，弟弟說溜嘴問我：「你騎車來嗎？」當時我媽嚇僵了，但她媽頭都沒抬一下，繼續吃烤鴨。餐後，一家人站在店門口等車，奶奶緩步走來抓住我的手，要我半蹲下來讓她看清楚一點，接著她捧著我的圓臉，含著淚對我說：「騎車要小心喔。」

那句普通的「騎車要小心喔」，從奶奶口中說出來，有一股非比尋常的約束力。那句話好像來自極為遙遠的地方，攜帶著冰冷痛苦的記憶，一路上以高速飛行，穿過高山越過小溪，才火車那樣在我面前停靠。奶奶抱著那句話緩緩下車，在月台上認出她的孫子，將那句話輕輕按在我胸口。那一瞬間我幾乎能聽見宇宙中所有母親對所有孩子的叮嚀，那叮嚀發出一陣溫熱的光，隨後化為一個護身符似的小鈴鐺，永遠繫掛在我的心中。

只要那鈴聲一響，我胸口就會熱起來。所有記憶和祕密都被穿透，所有不成熟的孤獨與自立都被擊潰，無論騎得多遠，逃得多快，我都會想起自己是兒子是孫子，然後非常想回家。

在回家的路上，我騎車總是特別小心。

為事故車編故事

我家門前人行道上橫擺著一輛機車。它的車廂沒扣好，腳踏板上擱著一頂紅色的安全帽。它側面車殼破損，煞車拉桿扭曲，車尾扶手處掛著好幾張過期的停車收費單，那熱感應紙已經破爛褪色，看起來被雨淋溼又曬乾了好幾回。這半年來它一直停在原地，沒人來牽。

大概是一輛事故車吧。

三級警戒的這幾個星期，我每天早上起床都會推開窗朝樓下看。那輛車動也不動，像一隻被遺棄的小狗那樣一直待在原處盼著主人回來。這樣一想就覺得它好可憐。

可憐的車必有可惡的車主。可惡這個詞在我心中變成一種顏料，所有跟這車主有關的想像都被蓋上一層名為可惡的顏色。為了擺脫那礙眼的可惡，我曾想過要把那輛車搬到路邊，請交通隊或環保局的人來載走它。但想歸想，卻遲遲沒行動。

四月初的某一天，那輛車看起來更落魄了。它的後照鏡、車燈、車殼的刮痕都蒙上一層厚厚的黑色塵土，像是骯髒版的提拉米蘇，我幾乎能聽見它對著蒼天呼喊帶我走吧。這使我不禁往壞處想，那位車主該不會離世了吧？從外觀判斷車損不算嚴重，但這種事真的很難說。

為了安慰那可憐的車車，我向它解釋：「你家騎士一定是受傷了才一直沒回來。」這話說完，我對騎士的厭惡就化解了。我想像他可能瞞著家人買機車，因為出車禍才被發現。他的家人知情後，就把錯全部怪罪給車，沒收他的車鑰匙，所以這輛車才會困在我家門前。

我也曾浪漫地想過——這名負傷的騎士雖然左手包著石膏，右腳還沒辦法支撐身體全部的重量，但他已經可以拄著拐杖出門了。他在五月警戒前的某個傍晚，瞞著家人，搭車回到事發現場。他輕拍愛車的坐墊像拍拍老友的肩膀，接著吃力地跨坐上去，在車上靜靜待了一陣子。離去前他對愛車承諾：「我一定會回來牽你的。」

一想到這，就覺得不行，我不能動那輛車。

五月中開始，台北的人們為了防疫進入三級警戒，我的愛車沒什麼機會出勤，只能跟可憐的事故車一起待著。我把它們倆當成掌中玩偶，我的車抱怨：「啊，好久沒出門了。」事故車就翻個白眼回敬：「欸，我半年沒回家了。」或許它們會發展出某種車與車的友誼。

也或許明天早上那輛車就不在了。

這樣我們就可以往好處想：車主的傷痊癒了，依約回來牽車。他轟轟一聲再次上路，夏日暖風吹癢了他手臂上的疤，他打了鋼釘的脛骨微微發脹，騎車過橋的時候他大吼大叫，然後掉眼淚。多麼艱困的復健，多麼漫長的停等，如今總算告一段落了。雖然他對速度仍有畏懼，但他的車說一切都會好轉。

在一切真的好轉之前，我會幫他顧車，有時為他祈禱，有時拿他來編故事。

勸勸與聽聽

與一名寫作前輩約喝咖啡。前輩習慣用 E-mail 聯絡，在出門前一刻我們敲定地點，信末他勸道：「雨不小，考慮搭車來吧。」

我不聽勸。開窗看看，路面沒溼啊，就騎車了。

半途開始下雨。披雨衣，雨水順著雨衣下襬流進褲管，襪子都冰了。騎到咖啡店，店門口一棵美人樹的粉紅花瓣因為風雨而散了一地。我把機車停在鋪了花瓣的停車格裡，轉動鑰匙，鎖上龍頭，掀開坐墊，收摺雨衣。為了騰出雙手拿抹布擦乾安全帽，我把鑰匙暫時擱在雨衣上。一陣風吹來，積水與花瓣灑了我一身，抬頭一望心想：「幹嘛不聽勸呢我？」低頭嘆口氣就壓下坐墊，把安全帽跟雨衣擠進車廂裡，咖一聲鎖上。

等、等一下……鑰匙。

我把自己鎖在車子外頭了（雖然機車沒有門）。鎖的天職是拒絕沒鑰匙的人，人要是被自己的原本能通行的門拒絕，就是創傷事件。新的創傷將喚起舊傷，傷與傷相疊，壓著我們下悲觀的結論。從小到大被鎖在家門外、教室裡、陽台上的恐怖經驗，還有被誰誰封鎖加刪除痛苦記憶，攪和在一起胃酸那樣衝上心頭。

不行，我要快樂，我要能睡得安穩……我要取回鑰匙，現在就要。

左手拉坐墊，撐開一個小縫，右手伸進車廂撈，坐墊卻一口咬住我的手，不再讓我向前。車廂是吞鑰匙的大黑鱷，我向鱷魚先生史帝夫．厄文（Steve Irwin）的英靈禱告——史帝夫星君啊，請賜予蠢蛋勇氣與智慧，讓我從鱷魚嘴裡取回自己的車鑰匙。

抽手出來只帶出一隻雨衣袖子。

家門、房門和信箱一整串鑰匙都在鱷魚嘴裡。沒別的辦法，繼續拉袖子，拉拉拉，把雨衣當牙線，想像自己在幫鱷魚剔牙，這念頭浮現的瞬間，一支車鑰居然被剔了出來。轉動鑰匙圈，取車鑰，開坐墊，掙脫水牢，我像魔術師那樣接受觀眾喝采。

謝天謝地謝謝鱷魚先生，得救了。

返回咖啡店時我人已全溼。掏空口袋，讓手機、錢包和鑰匙三寶在咖啡桌上團圓，大家相擁而泣。錢包說：「要是他今天聽勸，就不會遇到這件蠢事。」手機說：「要是他聽勸了，就沒機會認識自己的愚蠢。」車鑰指著我手背的瘀青和血痕，淡然地說：「這不是第一次，也不會是最後一次。」

寫作前輩來了，三寶們陷入沉默。

前輩喝的是雙份義式濃縮，我點了杯手沖，咖啡喝完天也就黑了。我們一起走出店門，我轉身對前輩坦承：「我還是騎車來了。」這時他卻消失無蹤。低頭一看，前輩竟蹲在一輛腳踏車後方，滴滴滴地解密碼鎖。他笑說：「其實我也騎車來。」

那一刻我才想起，原來人間還有一種勸叫「我只是隨口勸勸」；也有一種聽叫「你就隨便聽聽」。

在勸勸與聽聽之間，我們擁有一個寬廣且深奧的世界。

當初戀來牽車

騎機車的戀愛開始的時候，不像開車的戀愛那樣齊全。汽車有門，關起門開冷氣放音樂，就是一個小房間。這個小房間已經準備好，準備好去開另外一個房間，準備好構成一個家庭，準備好在後座放兒童椅，或者準備好發展一段不可告人的異色戀情。相對汽車，機車很殘，連門都沒有。

騎機車的戀愛是露天的。

大家都看得見你但同時也沒人在看，只有同一張坐墊上的兩個人會注意到彼此。這是一種半透明的狀態。半透明的白襯衫被風吹起，我們坐在同一張小椅子上的距離到底該要多遠或多近？光是考慮這個，就可能陷入戀愛的想像中。或許有人會笑，騎個機車而已，根本算不上什麼。不過對十八歲的我來說，若能與女孩子共乘一輛小小的機車，就是盤古開天。

考上大學那年，爸媽買了輛機車給我，讓我通學。我每天上學的路上，都在幻想後座的乘客會是個可愛的女孩子。我也會觀摩別的騎士情侶，看他們後座貼著前座，戴著安全帽耳鬢廝磨，一臉在大草原上騎著白馬的沉醉表情。啊，他們的樣子好蠢啊，我也想要變得那麼幸福那麼蠢。

設想終歸是設想。十八歲的我大腦還沒發育完畢，誤以為只要有車就會有乘客。剛開學那一陣子，每個星期二晚上系學會的活動結束時，我都鼓起勇氣，假裝鎮定，大聲問同組的同學：「我有多帶一頂安全帽，有沒有人要一起順路回家啊？」

問了好幾次都沒人理我。

某個晚上我坐在電腦桌前憋著氣認真動腦。公開徵件果然太刻意。我必須限縮對象，滿足同學的需求，提供剛好的服務，減輕大家的不安……「你需要的是一個以正當的理由所構成的機會。」大腦給出明確的指示，我抬起頭，下個瞬間機會登登登降臨。有位可愛的女同學上線了，她的動態顯示為「～誰要跟我去看暗戀桃花源～」。這公開徵件的絕望程度簡直跟我有得拚，讓我生出無限同情與好感。

我敲她，問她是在暗戀誰？她說《暗戀桃花源》是舞台劇，原本很想要去看，但週末的票已經賣完，週五晚上又卡到必修課，下課時間太晚恐怕趕不上。正當的理由所構成的機會出現了，我把握機會，告訴她如果搭我的機車去，應該來得及。

她答應了。

演出日前一晚，我去自助洗車場洗車。我投了一堆十元硬幣用高壓水槍沖掉車上所有灰塵，拿家裡的舊牙刷把避震器的彈簧刷到發亮，還買了一罐高級亮光蠟將整輛車拋得又亮又香才回家。睡前我像是要去遠足，在心中檢查好幾遍：地圖查好了。汽油加滿了。抹布換成全新的藍色魔布了。為女同學準備的安全帽雖然不是全新品，但也仔細打過蠟了。一切都亮晶晶。

演出日當天，我們沒時間吃飯，約在福利社買了飯糰。然後我帶她到停車場，到我發亮的愛車旁。

她穿著短褲，扶著我的肩膀，抬起腿跨過後座，跳上我的機車。避震器的彈簧被壓縮，座椅微微下沉。下沉的彈簧使我聯想到床，想起高中的時候我經常躺在床上，跟自己喜歡的女生講長長的電話。講著講著身體就會縮到床邊，騰出一大塊空間，為對方在我小小的單人床上留一個位置，想像我們躺在一起說話。啊，想像的生活終於要結束了，我即將邁入人生的下個階段，我要載女生了。我發動機車，點亮車燈，歪歪扭扭地騎出停車場。女同學的身體散發著淡香與熱氣，她穿短褲的腿幾乎就要碰到我的身體。她問我：「你是第一次載人嗎？」「不算是，我有載過別的朋友。」雖然戴著安全帽，我還是能感覺到她說話時嘴唇靠近了我的耳朵。她一手抓著後座尾翼，一手護著胸（掌心按在我背上）。我們兩個人透過一輛機車，連接在一起。連接，一想到連接我就要勃起了。

「騎車要專心，而且絕對絕對絕對不能勃起，世界會毀滅的。」我這樣告訴自己。但每一個轉彎，每一次煞車，她的存在感就更加強烈。我無法專心。我全部的注意力都被吸到背脊，集中在她手掌抵著的地方。感覺她的手只要再稍微用力一點點就能穿透我的背，一把抓住我的心臟。原來人類的背竟可以這麼敏銳這麼脆弱又這麼透明，透明到我幾乎能看見她的掌紋，她的感情線已經烙印在我的背上。

抵達劇院時我鬆了一口氣，才發現自己的背汗溼了。

劇開演了。劇很精彩。劇神聖不可侵犯。但劇不是重點。坐在劇院的椅子上我不時偷瞄女同學的側臉，女生的睫毛真的好長啊。分神幾次劇便結束了。散場時已經晚上十點，我一走出劇院就抬頭看，以為謝幕的金粉灑到戶外來了，伸手去摸，原來是細細的雨。女同學說：「不曉得回學校的公車還有沒有。」「要不我載你回去？」「這樣你順路嗎？」雖然根本是反方向，但我豪不猶豫地說：「順啊。」

這是我第二次成功載到女生。

回程她同樣一手抓車，一手扶著我的背。十點多，路上沒什麼車，雨也停了，我開始適應她的存在，身體放鬆不少。我們在門禁時間前回到女生宿舍。我放女同學下車，車子後座頓時一空，避震器升回原本的高度，一切都變輕了。女同學解開安全帽的頤帶，把帽子捧在手上，她黑亮亮的眼珠子看著我的車。我跨坐在車上，她站在路旁，我們又講了幾分鐘的話，宿舍門禁時間快要到了。

我還不想回家。

我問她：「欸，要不要去夜衝看看？」女同學考慮了一下，然後重新戴上安全帽。第三次載女生的我，直接挑戰夜遊。黑漆漆的山，坡陡彎又急，到處是坑洞，女同學雙手都抓著機車尾翼，坐得不太安穩。我又找到正當的理由，把握機會側過頭，對她說：「你可以抓我衣服，駕訓班有教，這樣抓重心比較穩。」這謊一說出口就是破的，但她還是抱了上來。

一個多月以後，我們成為彼此的初戀。

我的夢想實現了。放假時我們騎著機車到處逛，去了許多我自己一個人去過，設想著等到哪天交了女朋友就一定要帶她去的景點。初戀比我更早學會騎機車，有時候我會要她載我，讓我從後座抱她。我是徹徹底底的變態，變態到青春已沒有任何遺憾。

我總是在宿舍門禁時間前幾分鐘才載初戀回去。目送她走進鐵籠，再一個人從學校騎十五公里的夜路回家。回家路上必須穿過一座長長的隧道，我會提高車速，讓隧道內溼涼的風徹底沖洗我。騎出隧道時我感覺自己就是一陣風，所有的身分都從我身上剝落。街燈不認得我，路樹不記得我，柏油路面的坑洞我也不必為了後座乘客刻意閃躲。我的油門輕快，我的車影絲滑，我的骨盆與坐墊相接，透過輪胎接受路面的一切細節。我一面收放油門一面關注呼吸，像是在靜坐，又像太空船漂浮在宇宙中，每次只噴射一點點燃氣，以最小幅動作達到平衡。我的身體正在進行細緻的操縱，大腦卻完全沒有任何語言流過。有同樣體驗的人都說這叫做進入「自動駕駛模式」。在這條固定的返家路線上，語言的空氣被抽掉了，只有一幀一幀的畫面順著風隨著路生生滅滅，騎著騎著我就忘了自己是誰，身在何處，要往哪去。只有停紅燈的時候，語言偶爾會冒出來。語言說，在學校你是學生是男友，回到家你是兒子是孫子，你在角色間通勤，但你其實什麼都不是。語言說的對，我含著煞車，感覺每個角色的存在感都被削弱了一點，假如我繼續騎下去的話，一切說不定都會消失。

大學的最後一年，為了讓初戀打工方便，我向朋友要了一輛原本要送去報廢的舊車整理起來給她騎，並幫她辦了過戶手續。初戀有了自己的機車，我學業也忙碌起來，兩個人見面出去玩的次數驟減。轉眼間我們的大學生涯便結束了。初戀要去別的城市念研究所，我落榜了打算隔年重考一次。暑假才剛開始沒多久，初戀就從老家打了通電話來提分手。

與初戀分手是沒辦法的事。

我接受分手，但不接受分手後繼續見面當朋友。等到我稍微冷靜下來，才寫了封信告訴她，她放在台北的機車我會顧著，時不時騎個兩圈以防電瓶沒電，直到暑假結束她回來牽車為止。

在新學校開學前，她回信告知我牽車的日期，建議我把她的車停在我家斜對街的騎樓下，要還給她的CD和書連同車子的備鑰一起鎖進車廂，這麼一來我們就不必再見面。我照著她的要求做。她來牽車的前一晚，我最後一次發動她的機車，在家附近好好騎了一圈為電瓶充電，才把鑰匙放進車廂。

隔天一早我七點就起床了。

其實我還是想再見她一面，卻沒有勇氣直說，也怕見了面自己會哭得很醜。她在信中沒提自己幾點會來，所以那一整天我每個小時都會下樓一趟，假裝去便利商店買東西，打算製造巧遇或至少有機會遠遠地目送她離開。沒下樓巡邏的時候，我就守在窗邊，像個野鳥攝影師那樣望著戀情的最後一塊棲地。結果那天到了半夜，她都沒來牽車。

第二天的半夜，她的車也還在。

整整埋伏了兩天的我，需要一個痛快。我打算在第三天早上打電話問她到底來不來。鑰匙已經放在車上，如果一直沒人來牽，車子會壞掉，會被別人偷走，會傷心會難過會很想哭的。

第三天我睡晚了。

我一起床睜開眼睛就衝下樓，跑到斜對街的騎樓下，但她的車已經不在那裡了。我先是杵在原地張望，接著又走來走去好幾趟，確定她的車不是被鄰居挪到旁邊，而是真的不見了，才垂著頭回家。照顧了兩個多月的機車消失了，就算理智上知道那不是自己的車，也早該被牽走，但我仍感覺自己的一部分像是被誰偷走似的……

啊——原來這就是失戀。

失戀大約半年後我漸漸恢復過來，卻不再像剛買車的時候那樣勤勞地洗車打蠟。車殼刮傷不補，燈殼霧化就抹布擦一擦，座椅破洞淋雨吸了水照樣一屁股坐下去。等到隔年春天，我開始有約女孩子出去玩的念頭時，才發現不管我怎麼洗車打蠟研磨拋光，我的車已經無法像當初那樣閃閃發亮了。雖然也想過把舊車賣掉，換一輛新車忘記一切；或者努力賺錢養一輛四輪汽車，談裝備齊全的戀愛；但不曉得為什麼，這些閃亮亮的設想感覺都不對勁了。也許我比較適合半透明，適合累積記憶，適合在想像與現實之間談不齊全的戀愛吧。

十多年後，我繼續騎著同一輛老機車到處逛來逛去。偶爾仍會想起當年的女同學。聽說她遠嫁到國外去了。不曉得她的車還在不在，那輛老車如果沒被報廢的話，今年應該超過三十歲了。

輯左・內側迴轉

長路的誘惑

連續多日坐困在自己的房間裡，忽然想起長路。

我把窗戶打開，讓屋子裡的冷氣全部流掉，小小的房間熱起來了，皮膚上的毛孔一個一個張開。陽光問窗台上的酪梨盆栽宇宙有沒有盡頭，宇宙說里程數累積到一百萬以後，某個擁有主詞的靈魂將會發現，一百萬之後還有一百萬個一百萬。

百萬長路在窗外用烈日與熱風誘惑我出門。

長路引誘我們前往未知，要求我們誠實面對自己，把一切假扮拋在遙遠的後方。一旦回應長路的召喚，一個人就不再需要別的身分，這個人就是騎士。他往前再往前，遠離街道與巷弄，擺脫住家與商店，背叛城市，尋找曠野。

騎士在心底高唱宋冬野的歌——「走下去吧，走下去吧，有六層樓那麼高……」唱歌的騎士失去實體，人與車都已經屬於節奏。我們前方的視野遼闊，我們催油，我們點火，我們燃燒自己每一次呼吸，我們的輪胎著魔轉速千萬，我們加速，我們爆炸，我們被引擎附身，身體被空氣摩擦，靈魂發燙變成一陣熱風……

我們感覺自己可以永遠待在路上。

幸運的話，騎士也許會在某個瞬間被測速照相機的閃光提醒，或是撞上一隻無辜的小蟲子，因此忽然回神。這個瞬間我們才會發覺，現實中的柏油馬路和自己心靈中那條無盡的長路，是兩條相似卻又不同的路。

柏油路有坑洞，有標線，有迴轉的車有過街的行人，柏油路是外在現實。現實帶來幻滅，幻滅促進成長，騎士總算認清柏油路是靜止的——是人與車在移動。而我們心中的長路，無論是事業之路、友誼之路、家庭之路或是愛情之路，不管你怎麼稱呼，它都是同一條無名路的延伸，途經地獄也通往天堂……

騎士在現實中受內在長路的召喚，把眼前的柏油路看成了夢想，不自覺地踏入危險又迷人的境地——這就是長路的誘惑。

我們必須被引誘。完全理智的人哪都不敢去，清明得像一尊已死的石像；徹底被誘惑的人一路狂飆，不是迷路就是失控，死在半途中。我們要一次一次沉迷，一度一度幻滅，一趟一趟回返，才能學會區分哪些是真正的旅途，哪些又是執迷與投影。

親愛的長路啊，我好想妳。

此刻我坐在自己房間的窗台邊，閉上眼睛，讓太陽曬暖我的臉。我感覺自己還在妳漫長沒有盡頭的六線道外側，朝南方行駛。海浪拍打消波塊，發電風車快速旋轉，濱海小鎮的田地與木麻黃在風中搖擺。如今我才明白，有車的人只是車主，在路上的人才叫騎士。

還要多久，才能學會以內在的方式行走內在的路，以現實的方法抵達現實的場所，並在兩個世界之間自由來去呢？親愛的長路啊，別再只是誘惑我，也請告訴我妳的名字，讓我成為一位真正的騎士吧。

紅燈遐思九十九秒

幾輛機車來不及過街，被一個長達九十九秒的紅燈攔下。有人掏出手機來滑，有人伸手去摸後座的小腿，有人站起來拉筋抓背癢。紅燈下大家各忙各的，另外一頭的綠燈亮起來。

我掐著煞車，想到親友們常勸我：「你要放鬆。」

想到放鬆就想到開車，開車時我總是很緊張。汽車比機車龐大複雜太多，四個輪子在哪，車身多長？三面後照鏡要看哪一面，路邊停車方向盤要打多少，油門和煞車讓右腳慌張，方向燈和大燈呢，為什麼動的是雨刷啊。為了駕駛這塊巨大麻木的鐵箱子，我強制發動全身上下每一根寒毛作為偵測器，提防任何意外。

這樣很累。

還是騎機車輕鬆。機車已經是我身體的延伸，車速與平衡，油門的開度與煞車的制動早就寫入我的骨與肉。在熟悉的路上，每個彎道每個坑洞每條油漆標線每陣風都是我的老朋友。在我的城市裡，哪一區什麼時候堵塞，哪種車危險要記得避開，週五的躁動，週末的放鬆，週期性的車流情緒，我能跟上節奏，也能唱反調，只要跨上機車，每一條巷子都是我的歌。

騎車的我有一顆柔軟多孔的「平常心」，一上路，四周的聲響和流光就會被它吸收起來自動處理。雖然任何碰撞、驚嚇、事故，都會害我變得太小心，但只要有足夠的時間，重新適應速度，心就能再次鬆開，帶我回到運動中，讓我不必待在強迫的反省裡，分秒逼視著一切，用緊張來懲罰自己。

「成熟的騎士敢於信任自己的平常心。」我得意地對自己說。

忽然一個念頭飛箭那樣射中我的額頭——「你需要的比放鬆更多，你需要的是放縱！」

你好想要做錯的事，說錯的話，愛錯的人，騎上錯的路而且一路狂飆永遠不回頭。把你那無聊的平常心摔碎吧，把所有經驗談與道理通通推翻。你要長出一對翼展十公尺的黑色大翅膀，但你一根羽毛都不要，因為你是蝙蝠。你是明明長出翅膀卻硬要騎機車的北七蝙蝠。你要在天亮前油門全開，騎上一座斷橋，急速起跳，半空中放開雙手，煙火那樣咻——啪！你就是不要聽勸，你要燃燒，你要爆炸，你要拒絕一切觸媒轉化，你要成為一陣不可理喻毫無根據自相矛盾的有毒廢氣，你要放縱，你要叭叭叭——

——叭！我的後腦勺被喇叭聲重擊。

抬頭一看，綠燈已亮起，九十九秒的紅燈早就結束了，一整排機車卻都跟我一樣還愣在原地。滑手機的，摸小腿的，拉筋抓背癢的，剛才通通陷入遐思。我們忘了紅綠燈，忘了自己還在路上，也忘了接下來要去哪，大家不是放鬆，不是放縱，而是集體放空了。多虧後方那輛無奈的白色休旅車嗚喇叭嚇醒我們。

乍醒的騎士們鬆煞車催油門，揚起一陣糗糗的煙塵，回到了人間。

週五傍晚萬物有歌

連假前的星期五傍晚，我騎車出門，泡在信義路緩慢的車流中。太陽在我背後繼續朝著西方沉沒，汽車的影子，機車的影子，行人的影子全都拉得好長。好幾道影子交疊在一起的瞬間，整條路上所有車輛的速度居然同步了。信義路像是空氣被抽光了那樣安靜了下來，沒人按喇叭，沒人鑽車縫，大家肩並肩騎車卻又慢又穩，讓人聯想到國慶典禮上表演的重型機車隊伍。

集體頓悟的時刻只維持了短短幾秒鐘。風再度吹起，噪音回來了。從捷運出口竄上來的風捲起了某個人的裙襬；擠在巷子裡的風正在圍毆一枚塑膠袋；高樓間的風搖動廣告大帆布跳起波浪舞來。大家都下班啦。

啊，好久沒有遇到這麼星期五的星期五傍晚了。

大車小車走走停停搖搖晃晃，在疫情起伏難料的時代，能和這麼多人擠在同一條路上緩緩流動，竟也變成一種困頓的快樂。如果這時大家能一起音樂劇那樣跳下車，暫時忘記自己要去的地方，大聲唱起關於戀愛關於生命關於夢想的主題曲就更好了。

好想唱歌啊。

曾經一起晨唱夜唱悲唱歡唱的朋友們，都到哪裡去了呢？放眼張望，想要在一堆安全帽中找出一顆認識的後腦勺。要是能在絕處與故友相逢大喊出彼此的名字，那瞬間我們身上積壓的孤獨感一定會唰一聲化作三千隻黑鳥全部飛走。

可惜，眼熟的腦袋一顆都沒有。

黑鳥停肩上，騎士有點孤單。明明還在信義路，卻大不敬地唱出：「偶哦毆忠消東顱走九遍——」歌聲在安全帽裡盤旋，飛沫在口罩內著陸，車速表面上穩定，但我想飆歌的搖滾之魂已經快要飛出去了，覺得每個路人都想跳上車子離開傷心的台北。

紅燈亮起，唱到間奏，用嘴巴叨叨叨地哼電吉他，此時一束極亮的車燈打亮了我的後照鏡，一名騎士在我左側停下。他胸前有條細小的白線，幼蛇那樣從他外套口袋鑽出來，爬進他的安全帽。那是耳機。他一面眯眼搖頭一面跟著音樂高唱：「窩不能栽香，我不，我不，我不能嗯嗯嗯——」是〈龍捲風〉。我和他唱的歌都超過二十年，算是知音。我願意當他的和音天使，驚驚瞧瞧摸摸離開，仙撸了微鹹邊緣，杯杯——

我的世界已狂風暴雨，嗚——綠燈亮得太快，還沒唱到龍捲風他就騎走了。

道路是舞台，夕陽斜打光，希望下班的信義路是一場演唱會。公車上拉著吊環的朋友們，請把你們的手收借給我！人行道上兩岸的朋友們，請把手機的燈打開來揮！搖滾區的麻雀，看台區的松鼠，親友區的喵咪與狗勾，請一起高聲唱啦啦啦啦啦。快樂可唱，悲傷可唱；歡聚是歌，分離也是歌。眼淚跟著啦啦啦啦啦一起落下，願週五傍晚，萬物有歌。

嘟魯嘟滴嘟——啊——啊——啊——啊啊啊。

和彩虹一起偶然出現

雨後的天空偶爾會出現彩虹，但騎車的時候還是要看路，因為雨後的路面偶爾會出現坑洞。坑洞的出現當然有它物理上的成因，可能是輾壓，可能是土壤流失，可能是施工品質不良，但那原因對騎士來說不重要，重要的是如何去應對。

應對結果有兩種，閃得過，和閃不過。

只要車速不快，視野清晰，騎士稍微一扭就能繞開坑洞繼續前進。但世間的坑洞們大多懂得自我成長，要是放著不管，任大車輾壓，它們就會不斷吸收能量，轉眼間成為誰都閃不過的巨大坑洞。

那樣的大坑洞周圍經常環繞著由柏油顆粒所堆積成的黑色沙洲，沙洲會奪走輪胎的抓地力。遇上這種無法迴避的路況，騎士得像在地板油膩的燒臘店裡端著一桶熱湯的廚師那樣一邊滑行，一邊保持平衡，一邊前進，並為塔滑湯灑湯燙塔的可能做準備。

所以我總覺得每個坑洞都不懷好意，散發著陷阱般的危險氣息，一碰到它們我就會被捕捉，被吸入，被傳送到另外一個世界去。

對我來說最麻煩的就是水坑。

泥水使人無法看清那坑洞的真面目，看不見，就會空想。能騎過去嗎？輪胎會不會卡住？水底有釘子嗎？是否有一隻小魚在那水坑中孤獨地生活？我曾在山路旁的水坑裡看過蝌蚪，推想是一隻自以為聰明的青蛙把那水坑當池塘，下蛋在裡頭，小蝌蚪們雖然還活著但大概沒辦法成蛙吧……一旦想像力運轉起來，騎機車就危險了。

因此我常告誡自己：閃不過就稍微減速，放鬆肩膀，保持穩定，輾過去吧。不要想著對抗，不要想著逃脫，不要去想關於今後的人生或是昨夜的懊悔。最好什麼都別想，放空腦袋，輾過去。

話雖如此，完全無腦騎車也不行。有一回，我騎在一條平坦的濱海長路上，因為心情放鬆，風也很舒服，車速自然加快了。我在安全帽裡啦啦啦哼著歌，忽然間前輪卻像踏空階梯那樣掉下去，接著又碰一聲整輛車彈起來，感覺後輪都離地了。落地的那一刻我腦中一片空白，車子自動往前行駛了幾十公尺之後才意識到自己逃過了一劫。

我在路邊停靠。呼吸心跳緩和下來以後腦袋重新開機。剛才是遇到大洞嗎？是那種地基被水流一點一點掏空，路面像被拆穿的謊言那樣一口氣崩潰的大洞嗎？結果回頭一看，遠方只有一個鳥巢大的小窟窿而已。

被嚇成這樣，有點糗。

再次上路時我想著，這世界真的存在各式各樣的洞，大洞小洞愛麗絲的兔子洞，究竟要繃緊神經閃過去，還是要順其自然輾過去呢？在那當下的反應方式，那過程中浮現的種種猜想，以及那最後的結果，似乎都不是我們所能選擇的。

有時我們能通過它，有時我們本身就是坑洞，和彩虹一起偶然出現在彼此的生命中。

大王就在路的盡頭

每隔一陣子我會找一條不熟的小路兜風，到處亂鑽，最後老是騎到死巷子裡去，停在別人家門口東張西望。我不是故意的，但侵門踏戶真的很好玩。

有一回我為了去一座森林遊樂園玩耍，用手機查了一條捷徑，電子地圖上顯示這小路將會直切溪谷，跨過小橋抵達另外一座山。

結果這是一條千迴百轉，坡路險陡的小路，而且越騎越窄。我一下子就被帶進山的陰影中，原本只在路肩的青苔爬滿路面，形成一條深綠色的地毯。就在我感覺輪胎快要失去抓地力的時候，忽然迎來最後一個彎，路面平坦了。

路，到盡頭了。我看見一幢鐵皮屋，鐵皮屋後方好幾隻狗一齊大叫，聽起來像小黑小白和老黃，卻看不到狗在哪。我怕被狗追，打算趕緊回頭，但又想看看到底是什麼顏色的狗。

也好奇這山路盡頭的屋主，是誰，為什麼會住在這？

每一天他出門，他回家，他踩過那條別人眼中的死路，在路底的鐵皮小屋裡生活。青苔是綠毯，大樹是門衛，狗兒是王儲，鐵皮屋是他的城堡。國界在遠方的遠方的遠方的大馬路上，整座河谷都是他的國度，他是一個孤獨大王。

大王一定遠遠就聽到我騎機車闖入的聲音了，心想：「哪個北七又誤闖了我的國？」坐在藤椅寶座上，他盤算著下一步。

我在大王家門口停車熄火，拿出手機查。螢幕顯示前方還有路，但往前看，是一片菜園。瓜棚搭得低矮，絲瓜黃花一朵一朵。菜園裡還有茄子、高麗菜、紅鳳菜和地瓜葉……就是沒看到路。狗吠得更急躁了，夾雜鐵鍊被扯動的聲響，我急忙用腳撐撐踢踢，倒車迴轉。再次發動機車之前，朝著鐵皮屋旁的鐵窗內望了一眼，一個人影都沒有，卻感覺得到大王正在藤椅上閉著氣。

大王肯定一聽就知道我非敵也非友，會來到這裡的活人都是誤闖。於是他既不迎接也不迎擊，他只是沉默，像等待不明來電自動轉入語音信箱那樣沉默。鐵皮屋的黑窗散發出詐死的氣息，我從路的盡頭折返，把孤獨還給他的國度。

已經聽不見狗吠了，沿途的綠苔退回路的兩側，樹是客客氣氣的樹，我是一名普普通通的機車騎士。天色略暗我點亮車燈，回到長路沒有盡頭的人間。

幾個左轉彎緊接著幾個右轉彎，山路像搖籃那樣護送機車騎士往前，後來我總算跨過一座比較大的橋，找到森林遊樂園的路標。我在溪谷的另一岸回頭望，想看看剛才那幢鐵皮屋還在不在。

果然什麼都看不到。

這個時候秋天忽然來了，雲朵散開，金光撒下，風吹起來告訴我不要停在這裡，所有乾枯的落葉也隨風展開一場微小的遷徙，從路的這一頭到另一頭去。

我對擦身而過的落葉們說，你們的大王就在路的盡頭。

有必要重新認識一遍

多開一次車廂，就忘記拔鑰匙；停車再發動，就忘記開大燈；換一條巷子停車，轉頭就想不起來自己停在哪……騎機車時我常遇到微小的記憶流失，因此曾誤以為自己可以藉著騎車，忘掉某件事。

那年我正在準備考研究所。買了一套便宜的西裝，在家對著衣櫥門上的全身鏡練習面試。我一人分飾兩角，這秒是犀利的審查委員，下一秒就切換成野心勃勃的考生。為了捏造面試專用的新人格，我蒐集成功人士的受訪影片，模仿他們的語氣和儀態。為了熟練這新人格的一切，在備考過程中與朋友們絕交，把自己封閉起來。為了取得入學資格，我每天過得像個發狂的芭蕾舞者，重複轉圈，克服暈眩，腳趾出血，高舉雙手，與鏡中的自己反覆周旋。

某晚，我在鏡前磨著練著，這人格忽然達到燃點，燒了起來。我關上衣櫥門，遠離鏡子，躲進棉被裡，卻無法撲滅那火。當時我覺得如果繼續待在房間裡，自己的全部也許會被燒個精光，於是我立刻抓起機車鑰匙和安全帽，逃了出去。

跨上機車我往北，承德路，大度路，一口氣騎到淡水，穿過漁人碼頭到廢棄的沙崙海水浴場。我把車丟在路旁，穿過籬笆，踏上黑色的沙灘。星月無光，海面失去景深，黑浪像一堵巨大的圍牆那樣在我面前堆高，一陣寒風吹過，現實感嘩啦一聲崩塌，我在一陣暈眩中頹坐下來。

忘記自己到底呆坐了多久，只記得手腳冰冷口乾舌燥的時候，我舔了舔被海風吻鹹的嘴唇，對著空氣幽幽說出一句：「好想喝酒啊。」這話音消散的瞬間，一個重要的回憶湧現了。

在同一片沙灘上，某個有夕陽的傍晚，還是高中生的我與某個好朋友一人抱著一大瓶廉價威士忌，靠在一根漂流木旁喝到昏過去。海水漲潮，浪花摸到我們的褲腳。等到我們倆渾身發冷醒來時，天已經黑了。輪流嘔吐過後，兩名高中生一面笑鬧一面爬回路邊，攔下一輛空蕩蕩的公車。

朋友在車上繼續睡，我坐在最末排靠窗的椅子向外看，感覺怪怪的。街燈，公路，河邊的店家，遠方的觀音山看起來似乎有點不太一樣。猛然一瞧，就連朋友的臉孔都有點變了。整個世界像是放了一個暑假，抵達全新的學期，雖然是帶著同樣名字的同一批人，但有人長高，有人曬黑，有人剪掉長髮，我感覺有必要重新認識大家一遍。

多年後在夜晚的沙灘上頹坐，我再度感到那股「有必要重新認識大家一遍」的心情。這時我那滾燙的新人格，已在我體內某處找到屬於自己的位置，成為無法磨滅的存在了。他帶著矛盾，緩緩散熱，等著我去接觸他，重新問一次他的名字。

我站起來，拍掉一身的沙，沿著來時的腳印，一步一步上岸，回到我的機車旁。

活著真好草莓蛋糕

騎機車的我穿過一座深又長的隧道，一出來就看見遠方的天空。雲朵和雲朵間有個藍藍的洞，雲洞回望我，我是一頭冬眠初醒的大熊。

冬天的工作是吃飽睡：酸菜白肉鍋，椒麻雞腿飯，紅燒獅子頭，豬肉味噌湯，也像熊那樣吃了好幾次鮭魚親子丼。腰間掛肉，肚子膨脹，爬進山洞裡咚一聲就睡死。山洞裡有黑影把熊的我包圍，這些黑影都是些平常事，是便利商店的找零，是發票的兌獎日期，是點頭微笑的招呼與禮貌逃離對話的貼圖。重重黑影守護我的睡眠：買東西時我在睡，特價的黑色刷毛衣是一段喊冷的夢話；吃東西時我在睡，加麵加飯加醬填不滿我夢中的大洞；讀書寫字說話時我也都在睡，語言文字只是呼嚕呼嚕喵嗚喵嗚。

怎麼醒來的我忘了。

一眨眼，隧道外一切都在發亮。離開山洞就是春熊的我。影子放開春熊，它們夢那樣被留在黑暗中。畫面還在，意義卻難以理解。難解的部分暫歸黑暗面，穿黑色刷毛衣的黑熊我搖搖頭等著下一個冬天。

春熊的我左右張望，想說怎麼會，路人怎麼會都戴著口罩，長髮的女子怎麼會穿那麼短的褲子，曾經的路怎麼會接上如今的路，世界又怎麼會來到科幻的西元二零二二年，冬眠醒來的我怎麼會還是胖的呢？騎著機車在忠孝敦化路口待轉，一切都看起來好新奇。嗅聞磨蹭，要去哪裡，有點徬徨。

飢餓感突擊，春熊的工作是睡飽吃。吃什麼？行道樹的新葉子看起來鮮甜，外送車的粉紅色箱子好像很耐嚼，紅綠燈和電線杆大概很酥脆，而穿寬褲抱著臘腸狗的年輕太太看起來像鮮蝦燒賣，萬物對我展露可口的那一面。

吃什麼好難選，車停路邊打電話找朋友。

電話通了，朋友沒問我打來幹嘛，就先把手機貼在他三歲兒子的小臉上，然後他說：「跟乾爹叔叔說新年快樂。」幼兒小小的口腔，嗯呀出亮亮笨笨的新年快樂，乾爹叔叔我眼淚熊熊掉下來。

是春天在對我伸手。

那手拍拍凍土，小草自奶油白雪中探頭；祂摸過冬樹，樹幹迎向新的年輪；祂撩撥山雲，細雨綿滑地降落。雨滴摸透大家的頭兒肩膀膝腳趾，大家被染成草莓色，成為走進春天的人。草莓色的行人們爬上了天橋，橋下的街車濺起莓紅的水花，水花散發香氣，整座城市都在春天的手中。那大手掐掐你我雞蛋糕鬆軟的臉頰，千萬年來同一句話在我們的夾心中發出聲響：「啊，是春天。」

春天接受飛禽走獸綠樹與泥土，春天容納街車樓房欄杆與道路。所有冰冷的昏睡、躲藏、厭世與懷恨，都在春風中開出醒與悟的小花。只要蹲下來聞一聞，就能收到那酸甜甜的暗示——活著真好。

我說：「啊，活著真好。」春熊說：「走，我們去吃草莓蛋糕。」

一座夠堅強的橋

每次騎機車上橋都會想東想西。

騎上民權大橋的時候特別想飛。可能是因為松山機場就在旁邊，催油上橋時我覺得自己也是一架轟轟起飛的噴射機。再見了信義區的高樓們，再見了綠得發亮的大屯火山群，再見了基隆河上的大橋騎機車的我。與大家道別之後我才發現起落架收不起來，有點尷尬，騎士必須繼續向前騎。

其實橋過一半的時候，我經常想停下來。也許是貪玩，也許是擔心一回到平面道路自己就再也看不見遠方。我會稍微放慢靠邊騎，讓滑翔的錯覺延長一點點。心想如果橋也可以配合一下，再延伸個幾百公尺就好了。

這種不捨，大家是否也有過呢？

想再喝一杯咖啡，再吃一口布朗尼，再開一個話題，想要跟喜歡的人在一起久一點。即使不順路也要陪對方多走一小段路，有點壞心地期望沿途每一盞紅燈都讓我們等九十九秒。如果下雨就好了，如果我們都沒帶傘就更好了，肩並肩在屋簷下躲雨，不說話也可以。若把每一天當成最後一天，以為這一次就是最後一次，我們就會拚命抓緊生活，把握愛，想辦法拖長時間，像披薩起司那樣牽絲綿延，不願親手結束任何事。

但最近某一次上橋，我發現自己稍微不太一樣了。當輪胎壓過伸縮縫的時候，我隱約聽見了橋的聲音。大橋正在用它每一段橋面，每一支橋墩，用它輕輕的震顫告訴我：「放心吧，還會有下次的。」

我想如果一個人願意相信「還有下一次」的話，他就有能力放手前進。雖然世事難料，但我們心愛的人也有自己的堅強。人不必把自己的全部都押在守護者的角色裡，我們也可以出發，去追求自身的可能。

橋樑當然有自己的壽限，我也還不敢相信來生。「這一次」與「下一次」之間的縫隙，總有一天會擴張成一座難以跨越的大裂谷。於是對我而言，活著，越來越像是在這一次與下一次之間搭起一座夠堅強的橋，讓我可以再度抵達所愛，也讓愛人相信自己能一次一次找到我。

我真正想說的是，我是一座夠堅強的橋。

有活下去的自信，也明白人的有限，把這樣的矛盾放在心上，我騎著機車下橋。這時一架飛機剛剛起飛，它的影子滑過低矮的建築物，輕輕摩擦這座城市，向台北道別。居民們還沒察覺，它就已經飛高了，只有在橋上的機車騎士目睹這一幕。我想伸手指出那風景，同時也想到飛機上的人們，他們是不是也看見了底下的河與橋呢？

那樣的話我就也成為風景的一部分了，天上有誰正在對我揮手嗎？

那道閃光就是見證

我喜歡出現在照片裡。每次看到有人在路邊自拍，都會想要亂入，在遙遠的背景中做個鬼臉，是很無聊的人。不過測速照相，我是再怎麼無聊都不想入鏡的。

話雖如此，還是被拍到過幾次。

每次收到罰單都很懊惱，盯著照片反省。當時的自己在想些什麼呢？明知道那裡有一支固定的測速照相機，為什麼還不肯鬆開油門？照片中那件被風灌滿的外套確實是我的，但那個騎車的人真的是我嗎？

是我吧。我還記得閃光像一記西洋劍那樣刺來，狠狠穿透我的背脊，我可憐又纖細的良心（金城武　飾）立刻抱著胸跪倒在一片黑暗中，聚光燈打在他身上，他一面淌血一面控訴：「你超速啦，你犯錯啦，你要被罰錢啦，這時候才減速已經來不及啦！」良心發現得太遲，就會失去錢，得到教訓和一張只有背影的紀念照。

但最近我有個嶄新的體驗。

我從北海岸朝基隆方向騎，翻過一座小山頭迎來一段長長的下坡路。我輕握油門，正享受著晚風，忽然間後方閃光一擊，刺眼白光透過後照鏡射中我的良心（金城武飾），就在他即將崩潰之際，一輛汽車從我左後方高速駛過，嚇了我們一大跳。

「啊，那不是我們的閃光。」金城武說。

那輛快車超過了我，卻被一個紅燈攔下來。我從後頭駛近，那是一輛藍色的速霸陸。透過路燈的微光，勉強看得見駕駛座上面無表情的男子單手抓著方向盤。接著我繞到他右前方，刻意讓他看個清楚，我用我的背影對那駕駛說：「急什麼呢？活該被拍了吧，哈哈哈。」幾秒後綠燈亮起，速霸陸像是覺得尷尬那樣打了左轉的方向燈，一閃一閃地逃向另一條路。

速霸陸消失後我一個人繼續往前騎，卻不知為何冒出一個念頭，因而感覺有點寂寞——「如果我們是朋友就好了。」

如果我們是朋友的話，剛剛那張測速照就會成為一張極具紀念價值的合照吧。無論最後是誰收到罰單，我們都會打電話給彼此，笑著跟對方說：「欸，罰單寄來了，你也有被拍到喔。照片我印一張給你，罰單你幫我出一半，友誼長存啦。」也許我們會把這張合照放大，護貝，放在自己床邊櫃的小抽屜裡。多年後整理房間時一看到這張被塵封的老照片，就會想起我們曾一起去北海岸兜風，想起陽光、海風、沙灘，想起彼此的年輕和愚蠢。那道閃光就是見證，我們將永遠記得彼此。

可惜我們都只是路人。

我一直往前騎，往前騎，寂寞的念頭怎麼樣都甩不掉。沿途每一支測速照相機垂著臉，分不出它們是盯著路面保持沉默，還是已經睡著了很久很久。我頻頻察看後照鏡，那輛速霸陸並沒有追上來。冷風鑽進袖口灌滿我的外套，我問金城武現在應該怎麼辦，他什麼話都沒說。

從直線七秒開始

三級警戒滿月的午夜，為了維護車況，我戴著口罩發動機車，在自家附近兜圈。這無處可去的一圈，我騎得極慢，慢到令我想起「直線七秒」的事。

直線七秒的全名是「直線平衡駕駛」。考生要在一條寬約三十五公分，長十五公尺的窄短直路待滿七秒，輪胎壓線，雙腳落地，不足七秒，都扣三十二分，失敗兩次就出局。

在這項考驗中，騎士要慢下來，但不能倒下去。

這對新手來說很難。剛開始接觸機車的人，經常會緗緊全身的肌肉去和車子的重心對抗，以為自己要用盡全力，才能夠駕馭一輛擁有十匹馬力的機器。在這個階段，告訴對方「放鬆肩膀，抬起頭來向前看」是沒有用的。油門煞車龍頭輪胎時間速度距離，太複雜了，新手騎士就是會緊繃，低頭緊盯眼前的路，然後讓陪練的人也看得很緊張。

當年我學車的時候，一聽到朋友叫我「頭抬起來」，我腳就放下來了。

後來有機會教別人騎車，我便把任務拆開，讓對方一次練習一部分就好。一開始先學騎直線，速度快一點，不足七秒也沒關係。好好適應速度感，並讓身體向機車學習平衡。等到跟車子混熟了，膽量也稍微大一點，再放慢速度，一次一次尋找平衡的區間。這時候再提醒新手記得放鬆肩膀，抬起頭來，才有意義。

當然，這只是我的方法。

全台灣有一千四百萬人通過機車路考，每位騎士都有一套自己的哲學。在疫情前每個暑假，傍晚時分的河濱公園練車場都會被擠滿：有媽媽教兒子，有男友教女友，也有阿公教孫子。媽媽耐心示範一百遍，阿公大聲罵孫，男友用兩腿把女友夾在前座，從後座伸長了手搭著龍頭騎車。大家用各種華麗的特技傳授自己的平衡感。

說到特技，在二輪特技中有個基礎動作叫「定竿」。大意是，騎士透過動力、制動以及利用車身的彈性來控制重心，讓兩顆輪胎立在原地保持平衡。特技騎士經歷各種慘摔，各種失衡，學會了在各種狀態下立刻找到平衡點，進而能做出一連串高難度的花式動作，在半空中讓觀眾感到刺激，在落地時讓人鬆一口氣。

定竿是特技版的直線七秒。騎士停下來，卻不會倒下去。

在深夜空曠的街道上，無處可去的我望向遠方的黑色的大屯山。大屯山說，這是一個大家都要學會特技，才能繼續前進的季節。被祂這樣一講，我頭就垂下去了。難道我們要從直線七秒開始，重新練過嗎？在人生這條離奇的小路上，一顆孤輪撐到底，就是平衡大師嗎？

或許沒那麼難，也沒那麼簡單。

有時我們一看見別人跌倒，心理就平衡了。而我們的脆弱與失衡，其實也能帶給某些人安慰。這樣一想，搞不好慘摔和醜哭才是特技啊，請放鬆肩膀，頭抬起來向前看吧。

白帽騎士想過頭了

比起精品裝備店，我更喜歡那種專賣安全帽的小店。這種小店常開在路口天橋下，用白燈照亮擺滿安全帽的玻璃櫥窗：撒金蔥的低價帽放底層，油亮亮的進口帽在高處，中間則是路上常見的暢銷帽。這帽子的洞窟是個小社會，幾乎每一種預算級距的腦袋瓜都能在這裡找到自己的位置。

幾年沒買新帽子的我，喀拉喀拉推開玻璃門，一踏進店裡就遭上百頂各階層的安全帽包圍，不知該對大家說些什麼。這時一名黑衣長髮的女店員從櫃檯後方爬出來，她先問：「大哥，找什麼帽子呢？」我立刻報上品牌、型號及尺寸。店員指著窗邊的架子：「下面數來第三排最左邊，白色那頂試戴看看吧。」

戴上白帽那一刻，像是走進一戶宜居的新家。明亮通風的落地窗，隔音良好的牢靠外牆，毛茸茸的地毯……可惜的是，我的嘴邊肉被擠出來了。我嘟囔著問店員：「嗯唔，那個兩頰內襯，有再大一號的嗎？」店員說，沒有更大的了，兩頰稍微緊一點是正常的。

這時店門忽然被拽開，一名騎士探頭進來問有沒有賣雨衣，外頭似乎要下雨了。店員上前招呼。我趁她忙，四處試戴。才發現帥帽太悶，輕帽太貴，彩繪帽又太囂張……環遊帽店一圈，最後回到白帽這邊。

「好，就你吧。」

結帳前，我戴著白帽在店裡走來走去。一方面為了確認長時間配戴會不會頭疼，一方面也發動酸葡萄心態，給那些又帥又輕又多彩的帽子們好看——「哼，你們這些太悶太貴太囂張的傢伙，已經錯過實踐天命的機會了。」尚未賣出的安全帽，既沒保護過任何人，也從未受人珍愛疼惜。就算再貴再漂亮，他們仍是空的，還沒有意義。這些空帽，或許會反過來可憐我的白帽，覺得白帽慘啦，要被買走，要被利用，要受磨難啦。但那是因為他們還不知道，安全帽不只是消耗品，安全帽也可能成為一名騎士重要的象徵。

今後我就是白帽騎士了。

親愛的白帽，成為白帽騎士究竟象徵著什麼，我還講不清楚。我們必須上路，在一起時接受彼此保護與制約，分開時則互相珍愛疼惜，直到路途與時間漸漸充實我們的生命，我們才有故事可說。也許我們必須一次又一次訴說自己的故事，讓故事使用象徵，才有機會明白自己是誰，要往哪去，將成為什麼……

嘶——白帽騎士想過頭了。

最後店員問：「現在就要戴嗎？」我說，對。她撕掉鏡片包膜，然後像端著禮冠那樣慎重地將白帽交給我。加冕的騎士爬出帽窟，跨上機車，大大換一口氣，催油上路。新的路樹，新的季節，新鮮的大雨滴叮叮咚咚打在我的白帽子上，新的故事開始了。

一股天真的喜悅，和我的嘴邊肉一起，從帽子的邊邊滿滿滿滿了出來。

我們就是春天

每年除夕夜阿公都會宣布吉時與方位，要大家出門走春。小時候我跟弟弟經常以守歲之名，徹夜打電動，初一早上跟爸媽出門走春時總是搖搖晃晃睜不開眼，啪町啪町亂走二十分鐘，沒去誰家拜年，就回家睡覺了。

二十六歲那年春節，我忽然有了想要一個人走春的念頭。大年初三中午過後，我跨上機車，決定去北海岸繞一圈。從台北橋附近出發，到士林走仰德大道上山，經過小油坑的時候打幾個噴嚏向火山致敬，再一路下坡溜到金山。在老街上吃點東西接著就去看海。

我爬到石頭上，站在堤防上，蹲在沙灘上看海。海浪的聲音讓人想起往事，小時候的狗，少年的玩伴，曾經的戀人……在暖陽底下我回顧，有山，然後又往前看，野心在雲那麼遠的地方，我許下願望，規劃目標，允諾自己一個盛大的春天。

好幾個春天一下子就騎過去了。

今年我想要去摸摸幾顆迎風面的風稜石，問問大家今年的東北風是不是比往年殘忍。石頭們會比去年光滑一點，銳利一點，還是破碎一點呢？最近臉上開始有細紋的朋友們，過去一年又各自遭受到了什麼樣的風化呢？

大家是不是都做了正確但殘忍的事？為了越冬，修剪心愛的盆栽。聞到植物的汁液而同感受傷，卻無法向你親愛的小花保證這份傷害能在春天帶來好處。但我們還是剪它。

你也剪過別的。為了重整自我，你剪斷浪漫但有害的關係。散落一地的頭髮像乾草那樣被掃進畚箕，那就是你經營許久的人格，是你累積的一切。這一剪，你頓失依靠，以為再也沒有人會對自己好，陷入絕望。但心底的鼓聲要你果斷，果斷，果斷，要你相信這遺憾，是入春必經的遺憾。短髮的你把自己忍耐成一間小屋，緊閉門窗哪都不去，既不放棄也不進取，你靜靜地搓暖暖包。

要搓到春天回來為止。

空氣會回暖的，樹枝會冒出新芽，蟲鳥會鳴叫起來，冬裝會打折出清，歐巴桑會再次穿上花花衣，打赤膊的歐吉桑會重返清晨的小學操場。但這樣就能被稱為春天嗎？一個人要怎麼向自己證明春天存在呢？

膽小鬼才需要證明，我想要和你一起大聲喊：「我們就是春天！」

我們要從金山往淡水騎，一肩扛著海，像個派報員，沿途把春天發還給沙灘上的每一粒沙，岸邊的每一顆圓石……發給三芝的櫻花，給淡水的夕陽，給路旁的小野草，也給城裡的街貓巷狗和路人。我們要找出每一位無名的收件者，把春天投入他們胸口的信箱。大家會一個接一個化凍，大家會伸伸懶腰，動動手腳然後跳一跳，做個深呼吸，加入春天的遊行隊伍。

忙完一圈，我要像個惡作劇的孩子那樣，憋著笑假裝一切與我無關。我要回家等電話，看誰第一個打來約我去走春。

藍帽西濱等著我

想要把自己封閉起來的時候，有些人會坐在自己的汽車裡。鎖著門熄火，關掉手機，解開安全帶，就這樣像個裝在紙盒裡的玩偶那樣呆坐著。那是多麼令人安心甜美的一刻，在自己封閉的車廂內，不必使用任何角色回應世界。

我沒車開，我騎西濱公路。西濱是小排氣量機車的高速公路，筆直，沒有盡頭，基本上屬於封閉型的道路，可以痛快地騎。以前每隔一陣子，我都會跑一趟西濱，把旅途當成某種系統還原的過程。我跑到新竹，跑到台中，在當地找朋友借宿或在旅館待一晚，然後再原路騎回台北。每次從西濱回來，我都覺得自己像是一部被重灌過的電腦，暫存檔案被清空，韌體也更新了，整個人又可以穩定順暢地運行。就算同時登入多個人格角色面對複雜的日常生活也毫無困難。

二十七歲那年，我為了享受西濱，買了一頂藍色的全罩安全帽。平常泡在城市的車流中，我戴的是國產四分之三罩的白色安全帽。白帽的好處是通風，呼吸容易，天冷下雨時眼鏡也不太起霧。因為帽體小，收得進機車車廂裡，有人說這是犧牲安全所換來的方便。

西濱藍帽是進口貨，價格是國產通勤白帽的三倍。它藍色的烤漆在陽光下散發出珍珠粉的光澤，擋風鏡片密合度極高，闔上鏡片就像高級轎車關上門那樣隔絕掉外界的雜音。它經過風洞測試，流線的造型減輕風阻提高穩定性，能有效減輕肩頸負擔。而且它明明就是全罩，重量卻比四分之三罩的白帽還輕。它精確設計的內襯，貼合我的頭顱，每次我戴上藍帽，都覺得自己的大頭是顆高級寶石被收藏在訂製的珠寶盒裡。

這頂高貴的西濱藍帽，平常卻被我收在衣櫃裡。

這當然是一種浪費，但也是我為自己設計的提醒機制：每次我打開衣櫃，這頂烤漆光滑如鏡的藍色帽子就會反射我哀怨的表情，對著我大喊：「放我出去。」當「放我出去」的念頭強烈到我無法輕易關上衣櫃時，我就會戴好藍帽，跨上機車，點燃引擎，騎上西濱。

我出發了。

我越過台北橋，從堤外便道繞過蘆洲，沿著淡水河左岸將龍米路騎到底，離開八里接上西濱。

在西濱公路上，白牌機車也可以放膽加速。藍色的安全帽切開了風，切開了雲，切開了地上各種形狀的陰影。帽頂小小的進氣口，發出細細的嗡鳴。車速越快，視野就越狹窄。工作的事，感情的事，家庭的事，甚至是錢與健康的事全都落在視野之外。高速中前進的騎士只能專注在眼前的道路上，活在當下，脫離現實。搭高鐵，搭飛機，搭乘速度極快的交通工具，現實也會被車窗外快速流動的風景抽走，但因為身旁還有別人，所以無法將自己徹底敞開。騎機車的話就沒有這層顧忌，可以一面操控油門，一面釋放靈魂，同時又因為專注在路上，能將自己的精神凝聚起來。釋放與凝聚，兩種形式的力量同時作用，心中結塊的部分就能被搓軟——被風好好搓揉一番，就是我的系統還原。

騎快車當然有風險，如果一不留神，輾到坑洞彈飛起來，又降落在別人的車輪前方的話就糟了。不過只要平穩地騎個三十公里，我就能脫離被害妄想期，進入舒服的動態靜坐中。如果上路前頭在痛，緊咬牙關的話，通常也都會在三十公里左右完全鬆開。進入那種狀態的我，是戴著安全帽的一陣風。

從小我就喜歡吹風。

我讀的小學在飛機航道下，每次聽見飛機轟隆轟隆的引擎聲，我就會望向窗外。飛機滑過沒多久，校園另一頭的樹開始搖擺，榕樹、椰子樹、茄苳樹、阿勃勒，由遠至近跳起啦啦隊般的波浪舞，最後搖動教室門口的木麻黃。木麻黃發出沙沙的聲響，風灌進窗台，吹到教室，柔柔涼涼捧起我的臉。童年時代的我，受到這陣風的照顧。

我不太懂得如何與同學相處。有時我太自私被人討厭，有時我又太熱情把人嚇跑，有時我破壞了遊戲的規則，就被踢出去。找不到玩伴的時候，我就面向窗外，想著風，然後風就會伸出手來輕輕安慰我。

想著風的時候，我心中浮現的畫面是一個綁著馬尾的高年級大姊姊。那個高年級大姊姊教過我怎麼握掃帚，怎麼用畚箕，怎麼拿長竹桿擦高高的氣窗。她好高，運動服褪色了，但洗得很乾淨，手指細細軟軟，指甲是好看的瓜子型，身上有一股甜甜的香味。每天掃地時間，她都會跟其他高年級的學生一起下樓，到新生的教室協助一年級的小朋友進行打掃工作。我是她負責照顧的孩子，她講話聲音輕柔卻又清楚，彷彿我是全世界上最重要的小孩（現在看來我暈船的年紀甚早）。不過一年級下學期，大姊姊就不來了。我沒問她的名字，也不曉得她的班級，每次被風安慰的時候，我就會想到她。

西濱的風中，也有她淡淡的身影。

一路上沒有可以停靠的地方，我迎著南風騎得飛快。經過林口，電廠還在施工，煙囪已經立起；經過大園，咆哮的飛機起落，休耕的水田上有蜻蜓繞著飛；經過觀音，燈塔陷入昏睡，防風林都在交頭接耳。再往南，地名消失，風力發電機巨大又尖銳的葉片影子掃過路面，有時我閃躲，有時我被擊中。上橋，過河，下橋，沙岸，岩岸，消波塊，藍白拖，空酒瓶，碎玻璃，廢輪胎，荒涼的海，鐵絲籠裡的鵝卵石，工區限速二十公里的告示牌，閃爍的警示燈，涵洞，大貨車，一條忽然衝出來的黑狗……沿途經過的每一項事物在高速前進的狀態下全都變成影格中的一幀，它們這秒靠近，下一秒就遠離，只有柏油路面能延續下去。

到新竹約一百公里，現實感稀薄到令人恍惚，我必須在南寮暫停。

停下來才發覺手腳都被引擎震麻了，脫手套，摘安全帽。進便利商店上廁所。坐下來喝罐裝冰咖啡。望著窗外，想我這是何苦。滑手機，聯絡住在台中的朋友，告訴對方我預計抵達的時間，讓這句話成為我返回現實的錨點，然後再次上路。

頭一百公里的飛馳對我來說已經夠了。接下來我的心情轉為觀光，在香山溼地停下來看夕陽。溼地反射天光，晚霞上下夾擊海平線。在這樣的風景中我摘下藍帽，抱著巨大的敬意安靜目送我們的恆星。如果沒有太陽的話，整顆地球就不會有生命，說不定連風都沒有了，一想到這裡就心懷感激。

日落後的西濱，更空蕩了。

穿過苗栗通霄電廠，找到連接西濱的小路，在高架橋底下穿行。橋底下到處都是沙發與藤椅，橋墩旁有餵食野狗留下的白鐵空碗和碎骨。當我車燈邊緣的光掃過那些空椅時，全身都起雞皮疙瘩。我想到這些流落戶外的家具們，或許將招來夜晚國度的居民。

然後下雨了。與其說是下雨，不如說是我騎入雨雲底下。那不是天氣的錯，是我活該。雨水及夜晚，將封閉感提升至新的境界。機車變成我的登陸艇，藍帽是我的氧氣頭盔，我在文明已毀的星球探險。斷橋，空屋，水窪，這是一條被遺棄的路還是一條通往文明的路？雨滴打在安全帽上的聲響大得像債主來敲門，該穿雨衣了。我停車，掀開坐墊，卻不敢熄火。怕在夜雨中熄了火，就再也發不動。

雨衣好臭。袖子裡的網布勾到襯衫袖扣，我的雙手像被捕的魚那樣掙扎一番，才總算找到袖口。現撈的左手探出來，抹掉擋風鏡上的水珠，打亮遠燈，繼續向南前往台中，目標是東海大學附近的友人住處。

途經工區，反光標牌在大雨中豎立，青紅相間的警示燈閃個不停，吸飽雨水的柏油路因此更顯漆黑。昏黃的小車燈穿不透層層雨幕，若地上有洞，我一定會栽進去。但那不是唯一需要擔心的事——當我騎上大安溪橋，側風夾雜著雨水大力搧過來，後輪一偏，失去抓地力，我差點就在橋上摔車。

拉回車身，加速下橋，在一處路肩避車停靠，調整呼吸心跳。想起晴天時，大安溪乾河床上滿滿銀白的甜根子草，如雪的河床看起來那麼柔軟，在秋風中輕鬆又哀愁，沒想到夜雨時居然這麼嚴厲。

下橋再往前騎一小段，就看到第一塊寫著「清水」的路牌。其實清水還遠得很。這些路牌都是寫給更高速行進的汽車看的，而留給機慢車的，只有一面黃色鐵牌——「前方道路施工中敬請改道」。一道剪刀門工地圍籬擋住慢車道，我在夜雨中循著幾支小小的箭頭，左彎右拐，轉進鄉道，鑽過涵洞，從一座紅磚矮房後方騎出來。

眼前的景色嚇了我一跳。

「呱呱呱呱呱」，發出這陣驚叫的不是我，是鴨子。箭頭把我帶到一座養鴨池旁，黑色的水塘裡幾百隻白鴨子像夜雲那樣湧動。

遇到這些鴨鴨也是良緣，我停車，掀起擋風鏡，在滂沱大雨中對鴨子散布假消息：「嘿，鴨鴨們，人類都滅絕逃到別的星球上去了，你們被拋棄所以自由了，快點飛走吧。今後請盡量談戀愛和旅行，充實地生活下去，成為有歷練的鴨子吧。」群鴨聽了我的話反而不叫了，緩緩踢水遠離我面前。想到平常我也活在自己的小池塘裡，吃著固定配給的飼料而放棄飛行，在水上漂來漂去，沒事就講講別人的呱呱。這些鴨子是我兄弟，我呱呱呱，向鴨子們約了下次再見。

騎過大甲溪，避開台中港區的大貨車們，進入清水，轉上台一線到大肚。翻過大肚山曲折的藍色公路，就離東海大學不遠了。

上了台地才總算騎出雨區。我扒掉臭雨衣，在望高寮公園一面看夜景一面等朋友電話。大片紫紅霧氣盤踞台中盆地上空，像科幻片的虛構場景：全裸的健美機器人穿越時空降落在公路上前來拯救某個少年；暗巷裡的蝙蝠俠痛毆的小丑原來是自己的一體兩面；當代的每個楚門知道自己活在楚門的世界後，為了保住節目保住合約，反而更加全力投入角色……

手機響起，阻止我往憤世嫉俗的方向想下去，是願意收留我的好朋友打來了。他問：「帥哥，到了嗎？」「到了，在望高寮，你忙完了嗎？」「剛到家，等等巷口便利商店見？」「好，十分鐘。」我掛掉電話，騎上今天最後一段路。雨停了，小蟲子飛出來，一隻一隻粉碎在我藍帽上。

到朋友家，喝啤酒，講講話，打地鋪甜甜地睡了一覺。度過一個放鬆的週末。星期一朋友去上班，我也起個大早，重新戴上藍帽，騎西濱原路返北。

我像參觀博物館那樣以慢速前進，發現大甲溪河床上一顆一顆圓滾滾的都是西瓜。大家什麼時候會成熟，什麼時候會上市呢？我的腦袋瓜也又大又圓，西濱的西瓜算是我遠房兄弟吧。與西瓜們拜別，再晃去探望池塘裡的鴨兄弟們。這趟白天來，我一見到鴨子們就問：「怎麼還在池塘裡瞎踢水呢，以為你們早就被載去賣掉了。」鴨子們回嘴，呱呱呱呱呱。

接著過大安溪。河床上的甜根子草還沒開花，此刻仍是無人聞問的荒草，銀白世界或許還要再等幾個月。在橋上的四周極度空曠，我放聲大叫了一陣，最後一團結塊在心底的毛球就這樣吐了出來。

一路順著南風，返北的路騎起來毫無阻力，反而更使我不捨。我在苑裡停，在通霄停，在香山停。最後在新豐一處荒涼的沙灘下來玩。沙灘上插著巨大的風力發電機，我繞著風機的底座走了一圈，然後看到一塊完整的垃圾桶蓋，非常想要拿來當飛盤。如果現場有貪玩的狗，或者任何人類朋友的話，就可以拋來拋去。卻又想到，若我撿起垃圾桶蓋，似乎就必須對它負責，玩完後將它帶到垃圾場去丟。實在太費事了，只好轉而踢起沙灘上乾掉的毛椰子。椰子是乘著海浪漂來的天然物件，這個反而不能隨便帶走……

明明都是被潮水帶來的東西，遭同樣的陽光曝曬，受同樣的風砂折磨，資格卻截然不同……

踢著踢著，椰子滾到海浪中，一陣海風吹起。風力發電機扇葉的影子掠過我的頭頂，像在驅趕我。金色的太陽就要變成夕陽了，風中有個聲音對我說：「這不是你該逗留的地方，不是你能承受的風景，回家去吧。」

我才跨上機車，觀音就到了，接著大園也到了，林口話還沒說完，八里就到了。我車滑進關渡，甜美又自閉的西濱之旅轉眼就結束了。

我回到家，摘下藍帽。先洗個澡，再把旅行背包裡的東西都掏出來。臭衣服丟進洗衣機，錢包、鑰匙、小工具、筆記本等隨身攜帶的物品一一回到日用的包包裡，每一項道具都重返自己原本的崗位。

然後我也坐回電腦桌前，輸入各式各樣的帳號密碼，把沿路拍的照片貼出來，寫短短的註解，接受按讚與留言，與世界續約。日常生活將再度把我黏土一樣捏成各種形狀，並且朝四面八方拉開。緊繃且稀薄的我，將被黏回學校，黏回家裡，黏回咖啡廳角落的那張椅子上埋頭工作……

最後我端起安全帽，仔細清除蟲屍及指紋，也拆下鏡片與內襯，徹底清洗並晾乾。

我想我將會忘記長髮馬尾的大姊姊，忘記西濱上遇到的白鴨綠瓜，忘記那塊我無緣拾起的垃圾桶蓋，也忘記被我踢下海的可憐椰子，我想我將會忘記西濱。

不過沒什麼好擔心的，打過蠟的藍色安全帽，閃閃發亮，閃閃發亮，閃閃發亮。我把它收在衣櫃的最上層，踮腳才能搆得到的最高處，一打門就看得到它。閃閃發亮的西濱專用藍帽，會幫我記得這一切，並等著我再次戴上它。

輯後・再見盲區

勸君莫惜臭雨衣

騎車赴約的半路上，快要下雨了。

濃濃的烏雲聚積，雷聲步步逼近，一滴兩滴三滴水在灰色的柏油路面打印黑色的斑點，斑點越來越密集，幾秒內相連成一片黑。低飛的燕子躲到屋簷下，路上的行人撐起傘，剛從地底鑽出來的人站在捷運站出口處，對著眼前的大雨發呆。好幾輛機車紛紛靠路邊停，擠在行道樹底下尚未被淋溼的一小塊地，大家打開車廂，拿出雨衣。

我也停了下來，猶豫了一下才穿。雨衣好臭啊。

我的雨衣臭得像一雙發霉的老皮鞋，一隻很久沒有洗澡的癩痢狗，一群上完體育課的高中男生的三味一體。它跟著我十幾年了，拉鍊常常卡住，袖口的鬆緊帶硬化失去彈性，下襬被踩破被勾破被排氣管燙破，遇到滂沱大雨就會漏水，唉，為什麼我還願意繼續穿它呢。

我猜，是因為我錯過了那個能輕易丟掉它的時機。人真卑微啊，即便是對物品也會日久生情。如果不快點換上最新的產品，就會這個也不捨，那個也不捨。

好幾個朋友都勸過我，這種臭咪摸的破雨衣，幹嘛還留著呢？其實每次下雨天，看到其他騎士從車廂裡拿出新款的雨衣，紅橙黃綠光鮮亮麗，我也會羨慕啊，我也想重溫一次那種在風雨中自我感覺所向無敵的快意啊。

但買了新的，大概就不會再穿舊雨衣了。也許是我害怕被拋棄，所以才不敢隨便拋下身邊的一切。這算是一種生活迷信吧。活在這個什麼都可疑的時代，一件永不分解的尼龍臭雨衣確實是相當可靠的對象。我一邊騎車一邊這樣想。

雨越下越大，路面積水了。一輛對向公車濺起一道巨浪般的水花，水花迎面痛擊我，我的破雨衣完全禁不起沖刷，冷水從三萬六千個破綻灌入我的身體裡，我立刻溼透。

依約抵達咖啡店，我一邊滴水一邊找了條小巷把車停妥。脫掉雨衣，聞一聞自己，果然沾到雨衣臭了。我把安全帽收進車廂裡，將雨衣披在龍頭上，走出巷子前回頭望了一眼。雨還沒停，水順著雨衣下垂的袖口唾液那樣流出來，我心中浮現一個卑鄙的念頭——

「要是誰能把你偷走就好了。」

談完事情已經傍晚，推開咖啡店的門，雨停了。陽光把整條馬路打成金色的，我開始為方才的念頭懊悔，因而加快腳步回到小巷裡。一看見臭雨衣還在車上，我竟有股失而復得的錯覺。把雨衣上的積水抖落，仔細摺疊以後收進車廂，接著戴上安全帽，一面哼歌一面迎著晚風回家。

霞光中我想起幾個親愛的人，他們大概也是錯過了能輕易拋棄我的時機了。

大家都是垃圾桶

我機車前方的置物小格裡總是有垃圾。喝完的咖啡空杯、用過的衛生紙、飯糰的塑膠包裝、車輪餅的牛皮紙袋，有時候它們一待就是三個月，很髒。對此我的藉口是：這幾年公共垃圾桶越來越少了，小垃圾無處去，我又懶得帶回家處理，所以它們就一直待在車上。

路邊垃圾桶你們都到哪去了呢？

疫情緊繃起來前的最後一個星期四下午，我騎機車上貓空，在一座小橋邊遇到一組不鏽鋼公共垃圾桶。它們問我有沒有垃圾，我車上剛好有，就分送給它們。離開時，看著後照鏡裡它們越來越小的身影，忽然想到，下次來貓空的時候，這些垃圾桶還會在嗎？

市區垃圾桶們一個接一個消失，它們既沒有留下字條交代去向，也沒辦法沿路撒麵包屑做標記。它們在夜裡被悄悄地拆卸，被載運，被集中到城市邊緣的某處堆放起來，等著被處理掉。一想到這裡我就感傷，某件往事因而浮了上來。

十多年前，我遇到一個垃圾桶。

當時我剛結束一段關係，為了振作起來，決定把某個紀念物丟掉。我騎車出城，載著那無價值無生命無意義的紀念物到處亂晃，當我回過神的時候，發現自己已經騎到某個小鎮的火車站前。車站對面有一座安全島，島上有一棵樹，樹蔭下有一個由木箱包裹著的大垃圾桶。我坐在機車上，遠遠地望著那個垃圾桶，直到它對我說：「交給我吧。」我才打開車廂，取出紀念物，緩緩走上前，把自己的一部分交給它。

十多年過去了，不曉得那垃圾桶是否還在。

現在的我當然明白，這麼做不但無法抹滅對方的存在，反倒因為騎了一段長路而留下更深的記憶。當初要是在市區找個普通的公共垃圾桶，用普通的方式放手，現在一定什麼都想不起來了吧。但沒辦法，對我來說，像個殺手那樣徹底地滅證一次，也是人生中重要的歷練。

滅證的需求也許人人都有，但路邊的公共垃圾桶只會越來越少。將來全國上下失戀的人們大概只能把自己破碎的心放進收費垃圾袋裡，戴著口罩，跟鄰居們一起站在街口，等著垃圾車來收了。

親愛的公共垃圾桶們啊，希望各位退役後都能被好好安置在專屬的露天場地。這樣每個無人監視的夜晚，老友們就可以相聚，圍著篝火輪流訴說這些年來的見聞與悲喜（但願回收桶與垃圾桶之間不要起什麼衝突才好）。

大家要耐著性子，安靜地望著天空。等到一個無風的午夜，烏雲們互相磨蹭夠了，轟雷一聲，大雨落下，我們身上的髒汙就會被雨水沖刷，我們空蕩的軀殼就會被雨滴擊響，屆時我們將明白，自己身為容器的使命已經結束，從今開始我們也可以是樂器了。

我們接受一萬次各式各樣的打擊，就會發出一萬種叮叮咚咚的聲音。

藍色魔布的學校

放在機車上的抹布要是不見了，該報警嗎？也許要到拿起電話，想著該如何描述車上抹布的外型時，我們才會發現自己對抹布所知甚少。這麼一想，失蹤的抹布搞不好是負氣出走的也說不定。

我車上曾有一塊藍色魔布。

我拿它吸收坐墊上的積水，在雨後維護自己褲子的乾爽；我拿它輕輕摩擦後照鏡，鏡中的風景立刻清晰起來；我拿它擦安全帽、車燈、儀表板，擦車子內外每一處。當我擦亮機車的同時，機車也以自身的觸感對我表達它的存在。藉著這塊藍色魔布，我與愛車保持著良好的關係。

但某一天，藍色魔布消失了。

它沒留字條，沒遞辭呈，悄悄地離開。一塊布的存在或消失都輕得毫無根據，直到我需要它時，才發現它已經不在置物籃裡。我站在車旁，卻想不起最後一次使用它的情景。當下的失落感雖不強，但每隔兩三天還是會浮現一次。那種時刻我四處張望，留意路上每個飄零物：垃圾袋、落葉、行人的圍巾和地上別人的抹布……那種時刻整座城市都被包裹在一塊藍色的魔布裡。

記得小學時，抹布是每個學生的必備品。老師會檢查，沒帶要罰站，有些同學就偷拿別人的抹布。所以老師規定大家要在自己的抹布上寫姓名座號。我太怕抹布被偷，就寫春聯那樣，用麥克筆在抹布上寫了個大大的「達」字。後來才發現拿自己的名字去擦地板的感覺很差，像是連自己都跟著抹布一起變髒似的。

小時候寫著自己名字的抹布，和失蹤的藍色魔布也許是同一塊吧。

而失蹤的抹布們也許都去了屬於抹布的國度。在抹布國裡，有各種尺寸、顏色、材質和用途的抹布。有人是被拋棄的，有人是被風吹走的，有人曾是舊衣褲被剪碎當成抹布。大家離開自己的用途，抵達抹布國，在公共澡堂淨身，然後在廣場上曬太陽。直到霉味散去，資深的抹布前輩才會出現，帶著新來的抹布到魔布的學校去。大家整天都泡在教室裡，吸收關於魔法的藍色知識。脆弱的布學會堅強，沉重的布學會輕鬆，破碎的布學會修補傷口……大家緩緩成長，發展出屬於自己的藍色紋樣，成為有能力飛上青天，潛入深海，穿越不同世界的魔毯。

如果我失蹤的藍色魔布就是我小時候寫上自己名字的那塊抹布的話，那它極可能是魔布學校的畢業生。它在正式取得魔毯資格之前，重新回到我身邊，溫習一次自己曾經的用途。這麼一想，魔布的離開就不是負氣，而是完成學業，帶著思念，動身前往一個乾淨明亮的地方。

失落感浮現時，我經常抬頭看天空。天空本身就是一塊藍色的大魔毯，那些悄悄消失的人事物都是它的乘客，祂們飛向屬於失物的國度，在那裡就學。將來的某一天，祂們或許會變換形貌，再度來到我們的面前。

對薄外套寄予厚望

整個夏天出門在外的時間不多，太陽沒曬到，秋天的腳步就近了。百貨公司的秋冬新裝已經在倉庫中蠢蠢欲動。秋裝們都對夏服懷抱著「嘿嘿嘿，你們這些缺手缺腳的老傢伙們，下檔吧，今後是長袖長褲外套風衣的季節啦！」夏服們一面想起自己也曾風光，一面沉默地躺在折扣花車裡任客人翻攪。大家都是零碼了，兄弟姊妹們如今何在呢？懷抱哀愁的夏服，一路從八折到七折走向更低的價格。

晚風確實有點涼了。

這時節夜裡騎車要不要穿外套呢？穿起來的話，等紅燈的時候太悶；不穿的話，騎上橋又覺得冷。外套是換季的象徵，一旦打開衣櫃把外套請出來，代表自己願意接受秋天，向夏季道別了。道別真難，今年還來不及在沙灘上散步，也沒曬黑，日照時間卻已經變短了。有點恨。把秋裝的外套從衣櫃裡拿出來，穿上，然後又脫下來塞回去。

先穿厚一點的襯衫，帶一件薄外套吧。

想起剛考到駕照那年，我對車上多帶的那件薄外套抱著綺麗的幻想。那外套雖是我的尺寸，但十八歲的我根本不怕冷。我騎嶄新的機車，戴潔白的安全帽，車廂中有一頂備用的小瓜皮……只想載女生。而且最好是微涼的夜，一起到山上看風景。全世界的薄外套都在我車廂裡急著想登場。一個彎道，一陣涼風，試探性地問問後座乘客會不會冷，然後再大聲說：「我有多帶一件外套，要穿嗎？」

對方要是接受了薄外套的好意，也許就會願意接受更多的邀請。如果對方拒絕了，那也不要緊；因為遭到拒絕的是外套而非我本人，對方單純只是不覺得冷而已。假使對方禮貌地問上一句：「你自己不用穿嗎？」熱血的騎士便要猛力殺球，我們要說：「你穿吧，我不冷。這外套本來就是為你帶的。」

以前我總是期待，薄外套的拉鍊在關鍵時刻卡住。拉鍊卡住穿不起來或脫不掉，都會製造出令人心跳加速的瞬間。兩個人面對面站在路燈下，雙方都猶豫著，能不能要不要該不該伸手或請求幫忙呢？

薄外套真是刺激的好東西啊。

最近因為疫情的關係，對薄外套寄予厚望似乎不太合時宜。出借外套給對方之前，該不該先噴灑酒精徹底消毒一番呢？在答應穿上對方的外套之前，是不是需要拿出更多的勇氣呢？

去年三月，趁百貨公司秋冬裝出清，我購入一件極瀟灑的長版薄風衣。但買回來才穿幾次，就在半路遇到機車故障，蹲著修車的時候我沒留意，風衣背面沾到一大塊機油印子。後來試了幾種溶劑，勉強洗乾淨了，卻沒再穿過它。

十八歲好遠囉。一切越來越像偉大的比比金（B. B. King）唱的那樣，刺激已經過去了；這樣的秋天，說不定很適合穿上那件汙損的長版薄風衣，瀟灑走一回。

少年的名字是危險

家門前倒數第三個大路口，我與一群夜歸騎士為一支六十秒紅燈停下。忽然兩名配槍的員警從暗處現身，他們走進機車群，巡視每一張騎士的臉。這是臨檢。一支紅燈的時間內，警察會憑感覺從騎士群之中挑出一位可疑者拉去路邊。

誰攜帶違禁品，誰喝酒還上路，誰正在逃亡的途中？懸疑氣氛高張。有人掀起安全帽風鏡裝無辜；有人坐姿端正直視前方裝清高；我表面冷靜但內心翻騰，員警站在我面前的瞬間，我感覺自己前世今生全數罪孽瞬間像四千萬隻發瘋的黑蟻那樣從我腳底往上竄。

我以為自己將被挑中，但員警一個跨步，朝我身後走去。啊，他對我沒感覺。

我鬆了一口氣，卻也有點失落，在失落感中回想起十九歲那年第一次被臨檢的情景。那時我騎著新車，車殼毫無損傷，車燈亮得像一顆小太陽。剛打完工的我，雖然一身髒臭，穿著涼鞋短褲，但也是個剛發育完成的胖少年，又新又蠢又危險。

員警就在面前，胖少年摸摸褲子口袋，找不到錢包和證件，脫口說出太像謊言的實話：「我錢包好像不見了，但我家就在前面……」員警們對這番話有了感覺，他們升高戒備，一人盤問胖少年，另一人用機器查他的車牌。

胖少年在最不該輕舉妄動的時刻，猛然想起他錢包在車廂裡，問都沒問就踢側柱下車，動手開坐墊。一名警員高聲斥喝：「你幹嘛！」胖少年怯怯地答：「那個，證件好像在車廂裡，我找一下。」員警為了提防胖少年丟棄毒品或取出武器，全面監視他的翻找。

我想對胖少年來說，那也是某種輝煌的時刻吧。

被攔查，被喊住，被緊盯，彷彿自己隨意一個動作就會破壞世界和平，在那短暫且緊張的對峙之中，胖少年第一次發現自己不再被當成孩子，而是社會上的一個危險分子。這臨檢使他對自身的存在產生強烈的自覺，讓他發現自己也是一個重要的人。

胖少年翻啊翻，他的證件在錢包裡，錢包又在外套口袋裡，外套又塞在背包裡，背包又被放在車廂底。為了挖出證件，他花費太多時間，等他好不容易用肥短的手指遞出自己存在的證明時，兩名員警已經對笨拙的他沒感覺了。他不再危險，只是個普通的胖少年，員警看過駕照就放走了他。

身為一個胖少年，我很幸運，在家人、朋友和師長適當的關照下順利長大，不必為了彰顯自己的存在，而刻意犯險引來任何人的關注。如今總算是個穿戴整齊，鮮少被攔查的青年了。多數時刻我保持無害，但也沒忘記自己心中仍有危險的一面。

那支紅燈的秒數跑完前，員警選定一名頭戴瓜皮帽的瘦騎士，他看起來也是個少年，他與他亮晶晶的新車一起被領到路邊。

少年啊少年，你的名字是危險。

轉彎真難啊

前陣子騎車上山兜風，遇到一名苦苦上坡的單車騎士。我們在彎道中會車，當我正要向他點頭致意時，一輛高級休旅車突然從他後方竄出，那輛大車粗魯地越過雙黃線，在盲彎中逆向疾駛，我們差一點就相撞了。

逃過一劫以後我停在路邊調整呼吸心跳，沒來由地想起小學五年級某個星期六放學後。那天我吃過午飯，就咚咚咚地牽著腳踏車去學校玩。腳踏車是我七歲那年的生日禮物，一輛黃色童車（輔助輪當然拆了）。我騎著它在走廊上甩尾，加速滑下無障礙坡道，一口氣騎入水坑，濺起水花……真快樂啊。操場上沒有愛罵人的老師，沒有會欺負我的同學，沒有打赤膊的臭阿伯，只有一大群麻雀在草地上跳來跳去。太陽很大，風很涼快，有可愛的雲作伴。

但那天，我的天堂被打破了。兩個瘦小三年級男生，像踩高蹺那樣一臉威風地騎著成人尺寸的大輪登山車闖進學校裡。

他們一看見騎童車的我就放聲大笑，在我身邊繞行一圈，然後說：「死阿肥，坐墊都被你屁股吃掉啦。」當下我沒反擊，停在原地低著臉等他們走開。幾分鐘後，他們買了飲料再度穿越操場，這次我卻忽然暴走——我憤怒踩踏，小童車細瘦的骨架發出咿呀哀鳴，我卻覺得自己是一部正義的戰車。一路上我撥響瓢蟲鈴鐺，給他們迴避的機會，要是再不讓開的話，被撞成稀巴爛我可不管。

他們沒閃開也沒停車，我直直撞上去。

結果倒在地上的是我。我可憐的小輪胎被擋泥板卡死，小菜籃也撞歪了。他們的大車則繼續前進，手中的飲料一滴都沒灑出來。空曠的操場再度響起三年級生刺耳的笑罵，我的膝蓋破皮滲出鮮血。

此後，我就再也沒有騎車直直撞過誰（雖然偶爾還是會有那種衝動）。可以說，我是因為在小學五年級的那個星期六下午吃到了相撞的苦頭，才學會了轉彎。

轉彎真難啊。這麼一想，或許那名粗魯的休旅車駕駛，心中也有某種難以超越的自卑感吧。他只能藉著速度膨脹自己，在封閉的駕駛座上稱王，而無法忍受任何人闖入他的世界。他就是小學五年級的我。啊，真想對他大喊：「喂，你這傢伙，童年陰影不要帶到大馬路上來，滾回去兒童樂園開碰碰車吧。」這樣罵對方聽得懂嗎？

嘆一口氣，看看風景，重新上路。

陽光照亮整座山，遠方的大樹們抽出新芽，望上去像一張柔軟的的綠毛毯。一陣悠長的風吹過，億萬片飽含水分的葉子互相擊打，發出海浪般的聲響將我包圍。單車騎士消失了，粗魯駕駛遠離了，一朵雲在高空中撞上了另一朵雲。山路彎彎曲曲像一條灰色的小溪，我順流而下，朝向大海的方向去。

沿路開滿紫色的小花，他們悄悄對我說：「活著真好。」

後輪換胎記

東北季風攀過陽明山，綿綿冷雨將整座城市打包，人行道、柏油路、油漆標線和人孔蓋都覆了一層水膜。這時出門應該要穿浴室用的防滑青蛙吸盤大拖鞋……「騎車的話是該換條雨季的輪胎了。」一浮現這樣的念頭，後輪就撇了一下，害我差點滑倒。

停好車，走到車屁股後蹲下來看，果然磨得差不多了。

大學時曾看過一部關於輪胎的怪電影。主角是一條獲得意識的輪胎，就叫他胎哥吧。胎哥在沙漠小鎮邊緣的垃圾場中甦醒過來，沒有眼耳鼻舌的他，一路滾滾滾，在一望無際的公路上遇到一個開敞篷車的女孩，就愛上人家了。胎哥是一條輪胎，滾兩下就追上敞篷車，跟蹤女孩回家。但女孩對輪胎沒感覺，胎哥傷心到快要爆了，痛楚在那一刻拓展了他的意識，使他獲得一種隔空炸物的微波超能力。他先嗡嗡嗡殺死了烏鴉，又嗡嗡嗡殺死戴墨鏡的巡警，接著嗡嗡嗡地靠近他喜歡的女孩……

一想到要換輪胎，這部電影的畫面就浮現。

車行技師對我說：「你這條胎別人通常七千公里就下課了，能撐到一萬公里還有胎紋很厲害欸。」由於對胎哥們懷抱感激與敬畏，我總是輕輕加速，柔柔煞車，用胎極省。而且每次換胎前，我還會特地騎一趟遠路出城兜風，當作是給這條輪胎的餞別。有時候我擔心分手後輪胎們有恨，變成連續殺人犯，所以也曾與大家談過接下來的去處。米其林你可以去當邊鞦韆的坐墊，倍耐力好像很適合當碰碰車的圍牆護具，普利司通你也許會喜歡在翹翹板底下把孩子們彈來彈去的感覺。

大家一起去守護遊戲中的孩子們，像你們在車上守護我那樣。

輪胎在車行被技師拆下，失去空氣和輪圈的支撐，憂傷地躺在地上動也不動。我輕撫胎哥淺淺的胎紋，悄悄對他說：「這一萬公里，謝謝你。」這時技師從倉庫裡抱著一條全新的輪胎出來，我護著胎哥，避免他看見自己被取代的這一幕，然後把他安放在廢輪胎堆裡最高最舒適的地方。

到底有什麼毛病啊我。

也許輪胎就是我的象徵。象徵我想要被徹底使用，抓住地面，快速滾動，俐落過彎，載著所愛的人團團轉。

這世上有多少駕駛或騎士，就會有多少種輪胎。每個人都依照自己的習慣，把輪胎磨耗成自己的形狀。有人在賽車場上熱烈奔馳三圈就燃盡一切；有人在通勤路上日日往返直到胎肉龜裂變形。啊，希望每一條胎都能被安裝在適合的輪圈裡，被灌滿足夠的勇氣，支撐名為生活的車，在人生道路上滾來滾去。

拿輪胎跟人生相比……我大概真的是怪胎。

剛換上的新輪胎，在雨天的柏油路留下清晰的胎紋水印子。那水印被嘈雜的後方來車輾過，像一句剛說出口的話那樣，在落下的瞬間便開始消散。

散漫的通勤者

整理書櫃，翻出一套以前隨車攜帶的小地圖。

整疊地圖中有一本特別破爛，騎馬釘鏽得徹底連封面都掉了。翻開來看——啊，是台北縣。覺得像是忽然打開國小的畢業紀念冊，看到後來改了名的老同學那樣，他叫台北縣的時候還會傻笑呢。現在換了稱號，變成穿起西裝打領帶的新北市了。

而我也已不是當年的那個我，我換了智慧型手機，放下紙本地圖，把智慧完全交付給手機，投靠全球定位系統。無論騎車或步行，迷途時只要打開軟體走到天空底下，就能夠被精確定位。我捧著手機，擺出三流風水師的姿態，聽從導航的指令走江湖。這麼方便的工具一上手，誰都懶得再用手指頭戳那可憐的紙本地圖。

向電線杆借影問北方，探頭尋找地標的日子，過去了。

翻開大比例尺（記得這個詞嗎）街道圖，圖面塞滿各種標誌，像一份作弊用的小抄。一個方塊內寫著「小」，上頭再插一面三角旗是國小；停車場則是藍底圓圈裡頭一個白色大寫的P。沙灘與綠地是棕色與綠色的點點，步道是粉紅點點串成的虛線，淡灰的等高線指紋般堆疊，最小的那一圈就是山的名字。標了名字的紅色血管是省道，細一點的縣道是神經質的黃，再散出去就是存在感低落的白色小路，而藍色的那條當然不是靜脈而是圳溝或溪流。一處涼亭，一棵大樹，一座橋樑，一支站牌，連一片墓地都被標記到了。一千個小小的名字發出一千個小小的聲響，爭相偷偷告訴我關於這個世界的祕密解答。

帶著這份地圖騎車出巡，曾讓我覺得自己是北台灣的領主。

後來每到一個縣市去，我都會在當地商店買一份地圖，最終蒐集成套。在往後的旅行裡，無論跟哪群朋友出遊，我都是那唯一帶著地圖的人。我規劃路線，決定行程，指引方向，掌握權力。而且要是有人比我更具方向感，更懂得如何讀地圖時，我就會討厭他。

想想這其實是對地圖的過度依賴。

如今，大家的手機裡都有一整顆地球了。但我們仍不斷繪製新的地圖：夜市有圖，愛情有圖，身體有圖，靈魂也有圖……當我們解讀地圖時容易小看一切，以為那永遠不可觸及之遠方有某條路或某種方法可以抵達；以為擁有了地圖，愛情、身體和靈魂就能跟夜市一樣可以被逛、被吃、被觀光；以為自己是自己生命的統治者。

但說不定地圖的盡頭處，有一支毒匕首正在等著。

近幾年我已不再那麼依賴地圖。並不是因為方向感變好，而是更能享受（和忍受）自己騎上錯的路。繞來繞去十幾萬公里，漸漸明白路是不分對錯的，路就是路。對錯在我，卻不受我統治。

親愛的世界啊，我既是你的旅客也是居民，我是你地圖上流動的，一個散漫的通勤者。

台北醬瓜租車記

以前旅行我很喜歡租機車。

那年在某城，我事先調查好某車款，打電話向某租車行預約。一走出火車站，忽視其他租車行的招攬，筆直走向那輛與我有約的車。它搭載最新型的引擎，配備最明亮的車燈，擁有最先進的骨架設計，就連鮮紅色的外殼也很搶眼……

簽訂租約，影印證件，甲乙雙方繞行車輛一圈確認車殼無損，租車行把車鑰匙和一組大鎖交給我。我戴上借來的瓜皮帽，輕輕發動這輛鮮紅色的新車。前往加油站的路上，我坐姿端正，臉上漾起微笑，覺得每一陣風都是新的，一切都像現摘小黃瓜那樣清脆多汁，讓人忘記自己是一條來自台北的醬瓜。

晃上附近的郊山，需要過彎的時候車子柔順地傾倒，需要力量的時候它油門強勁支持騎士的野心。停靠在無人的海岸，我手心撫著車頭靜靜對它說：「這二十四小時，就麻煩你了。」願它不要在奇怪的地方拋錨故障，也期許自己別因為粗心而使它受損。

晚上入住飯店前，我特意挑選不容易被其他車輛刮傷的角落停車，並把大鎖牢牢掛在它後輪上，才向它道晚安。入房後行李丟一旁，拉開窗簾朝樓下看，啊，太好了，那亮眼的紅還停在原地。好想對它揮手，好想發簡訊給它，好像有點意亂情迷了。

洗過澡裹著浴巾，躺在飯店的床上，舉起右手望著掌心，心想乾脆別回台北了。就跟這輛鮮紅的新車私奔去吧，奔去台南，奔到高雄，奔向宜花東中彰投小琉球。讓我拋下台北的一切，為這輛鮮紅的機車取一個祕密的名字，與它一同前往宇宙的盡頭當一條永遠青春的小黃瓜。

隔天我起個大早，懷著要把整桶汽油騎到乾的壯志，走向那輛紅車。一見面就熟人那樣拍拍它被露水沾溼的坐墊，然後捏著鑰匙，轉開電門，發動引擎，催下油門……

忽然一陣劈哩啪啦的碎裂聲。

「啊！」叫也沒用了。大鎖還掛在後輪上，一催油，輪胎帶動全金屬的鎖頭，鎖頭高速旋轉，瞬間擊碎整塊擋泥板，鎖身卡在兩支避震器中間。

我是一條有罪的瓜。

拔出凶器般的大鎖之後，為了掩藏自己犯下的錯，我把紅車騎到一間遠離市區的修車廠，請師傅為它換上一塊全新的擋泥板。並在約定的時限內，回到火車站前，假裝什麼事都沒發生，將紅車交還給租車店。

店員一面打量我，一面檢視車輛狀況。他嗅出眼前這條瓜身上可疑的氣息，卻還說不上來哪裡奇怪，便問道：「車子都沒問題吧？」「沒問題喔，很好騎。」我擠出爽脆的聲調回答。這時碰巧一組新客人踏進店裡，他們也看上這輛紅車。店員放過我，轉頭招呼他們，介紹起這輛車的好。

變回醬瓜的我，鎮定地走向火車站，一次都沒敢回頭。那之後，我就很少租機車了。

飛旋踏板的自覺

幾年前有一次我穿了條新褲子，騎車進城赴約，那是一頓社交晚餐。我準時抵達，在暗巷裡找到一格車位，覺得一切將會非常順利，一定能和誰成為朋友。車子停妥，我小腿碰到鄰車的一顆小按鈕，由於當時急著赴約，沒注意到飛旋踏板已經彈了出來，結果我一抽腿就被那金屬踏板狠狠刮了一下。肉痛就算了，踏板沾了黑油，在我淺色的新褲子上留下一道汙痕。晚餐時，大家都在高談，我跑去廁所洗褲管，結果腿冰冰涼涼心神不寧，一整晚都講不太出話來。

被傷過一次，抬起頭來才發現，整個世界到處都是飛旋踏板。騎著老車的我，完全沒注意到這十年間，飛旋踏板已悄悄地成為標準配備。這類踏板收摺起來時，減少了車體寬度，方便停車；飛旋出來時，能提供後座乘客更舒適靈活的踏踩空間。某些廠牌的踏板，甚至只要輕碰一下就會彈簧刀那樣殺出來。

它們的方便之處也正是它們的卑鄙之處。

它們摺疊起來時總是一臉謙虛，躲在車殼裡假裝自己不存在。一旦被稱讚不占空間又方便，就會一面鞠躬一面笑著說：「過獎了，我只是在做自己該做的事。」卻又趁著別人不注意時，化身為陷阱。若有人因為踢到它們而受傷，它們反而會無辜地說：「是你自己要來撞我的。」

派得上用場時被乘客踩在腳底下，派不上用場就被塞回陰暗的車殼裡，承受磨難與委屈，使它們懷疑自身的存在。這份懷疑加重了自卑感，無法超越無法化解的自卑，淤積在心底形成濃稠的惡意。於是踏板們在深夜暗巷裡彈出，靜靜劃破別人的新褲子。它們要看見小腿血流成河，渴望聽見痛痛痛的哀號，它們太絕望，幾乎只能藉著傷害他人來確認自身的存在。

是可憐的一族。

雖然可憐我還是討厭它們，因為我的老車沒有這項配備。每次遭到飛旋踏板伏擊，劇烈的疼痛就提醒我：「這酷東西你沒有。」我的匱乏感像一瓶被搖過的汽水，一開瓶就噴出忌妒的泡沫，泡沫中的我曾想折斷全世界每一輛機車的飛旋踏板。

氣消了以後，才看清楚功課原來仍在自己身上。

我的身上，其實也裝備著一支飛旋踏板啊。將兩者聯想在一起，就能諒解對方。我不必把錯全怪給踏板。錯誤是互動出來的情境。若不是那停車格窄，我粗腿又粗心，許多意料外的痛其實可以避免。無論是機車踏板或是我肉身的踏板，我們都需要肯定自己，都不該被誰以復仇的方式折斷。

親愛的飛旋踏板們啊，地球上有一種叫飛旋海豚的海洋哺乳類動物。願我們有一天，都能像這位同樣流著「飛旋」血脈的遠親那樣收放自如，既能華麗地跳出海面激起浪花，也能潛入海中安靜自在。

在那之前，我們要學著珍視自己。

貓咪午睡指南評鑑

遠遠就看見有個人坐在我的機車坐墊上。他穿白色上衣，低頭翹腳滑手機。我從巷子的另一端慢慢走向我的車，邊走邊掏出鑰匙，在手中擺弄，微微拋接，讓金屬發出叮叮鏘鏘的聲響，希望能把這陌生的歇腳客趕走。

他沒聽見。

為什麼不去坐另一輛車呢？我一面靠近一面觀察自己的車與其他車的不同。啊，那些閃閃發亮的新車，都散發著一股神聖不可侵犯的氣息，用它們光滑無瑕的烤漆對腳痠的路人說：「去坐路邊，不准碰我。」唉，我的坐墊有破綻，車殼也曬到褪色了，看起來像海灘上擱淺的浮木，誰都可以坐一下。雖然寬厚的老車歡迎任何人的屁股，但我抗拒。我拎著鑰匙，憋著氣，試著用念力把那歇腳客趕走，他卻只是換個姿勢繼續滑手機。我發出更強的腦電波，提醒他：「這位大哥，請挪動尊臀。」

但如果對方是隻貓的話，想待多久都可以。

忽然想起，上次見到有貓在我車上休息，已是大學時的事了。那年校門口停車場裡有好幾隻貓，牠們喜歡在曬得暖暖的機車坐墊上午睡。對貓而言，那是個絕佳的基地。遇到車主們來牽車，隨便喵兩聲，大學生就會鞠躬下跪奉上罐頭。那天一隻胖嘟嘟的橘貓，趴在我新車的坐墊上。

遠遠看見那團橘色的毛，心想總算輪到我了。

像是得到米其林三星的餐廳那樣，被橘貓選上的車變得閃閃發亮。我則因為那貓的安睡，連帶覺得自己受到認可，成為一個能給動物安全感的人，甚至驕傲到想對著整座停車場所有落選的機車發表謝辭。同時我也感覺，貓的體溫正緩緩滲入機車的內部，引擎、輪胎、避震和傳動全都獲得貓的加持。我的車變成一輛橘貓機車，相當靈巧而且可能有九條命。

啊，貓咪請你再睡一會，我去買個罐頭來答謝。

捧著罐頭回停車場，橘貓卻不見了。四處張望想叫牠，口中卻沒有可以用來呼喚的名字，一切喵喵如露亦如電。失落地走向愛車，把罐頭哐啷丟進前置物箱裡。坐墊上殘留的幾根貓毛搖搖頭說：「下次吧。」

後來再也沒有貓咪到我車上午睡。

相隔十多年，我站在那歇腳客的身後，壓低嗓門用禮貌但帶著敵意的語氣對他說：「先生，要牽車了，請讓一下。」對方一個側身溜下車，低頭無語滑手機朝巷口走去。

騎車出巷子，我左右探頭，好奇那人是否找到另一輛車坐，卻不見他白上衣的身影。這時一隻瘦瘦的白貓沿著老屋的牆腳走過。那白貓發現有人在看牠，便停下腳步氣呼呼地瞪回來。我點頭向貓致歉，牠才勾著尾巴喵哼一聲走掉。

「唉呀，剛才那隻白貓，該不會是在我車上滑手機的那個白衣人吧？」沒認出觀察員，十年一度的貓咪午睡指南評鑑，也許就這樣被我搞砸了。

無謀的拜訪

只要嗅到一絲絲春天的氣息，我就會急著出門去看花。最喜歡粉紅色的櫻花了。在花瓣飄落的樹底下吃著鮭魚飯糰，喝裝在保溫瓶裡的熱茶，滿足地嘆一口氣，然後拍一張照片，才覺得自己有跟上花季。

幾年前的某個平日早晨，我起床拉開窗簾看見太陽，覺得氣氛很春天。吃過早餐之後就跨上機車，一口氣騎到淡水某一家種滿櫻花的道觀去。路上我迎著春風，一臉得意，因為整個城市的人都在通勤路上，只有我要出去玩。

完全忘記應該先調查一下花況再出門。

花還沒開。到了現場只看到光禿禿的樹枝。停車場沒幾輛車，也沒有人潮和攤販。陽光穿透霧溼的空氣，暖風沿著地面升起，階梯廣場上麻雀跳來跳去，石獅子們一臉無所謂的樣子，我摘下安全帽，失望地走到牌樓前的大櫻花樹底下。

湊近一看才發現每一條細瘦的樹枝上都長滿一粒一粒小小的隆起，那些小芽將會迅速發展成為花苞，在某個晴朗的日子綻放。站在樹底下，想起這棵樹往年盛開的模樣，覺得自己雖然來得太早，卻也不算撲空。畢竟樹還在這裡。

我拿出手機，倒退幾步，想把整棵樹拍起來，這時才看出樹枝本身帶著淡淡的紅色。祂的紅充滿力量，帶給我信心，那一刻我忽然聽見四周所有的樹都在對著天空宣誓：「我們一定會開花的。」大家既不害羞也不張揚，顏色在準備著，輕柔在準備著，花蜜也在準備著。

因為也想跟著說點什麼，我便說我一定會再來的。花期來，夏季來，明年來，後年來。只要還活著，每年春天我都會來探班。開花是件辛苦的事，大家要加油啊。

講另外一棵樹的事。

最近去了一趟鶯歌，想起陶博館附近的好幾棵苦楝，順道去拜訪。樹頂成串的果子已經熟成金黃色的了，那是去年的花結成的果。我撿起一顆小小的落果，朝水圳旁的步道走去，記得那裡還有一棵高大的苦楝。結果當我憑著記憶走到堤岸邊，原址只剩下一截樹墩，大樹已經不在了。

我蹲在那樹墩旁，手撫著年輪，想起祂樹皮的裂紋和高大的身姿……這裡曾有一棵苦楝啊，祂的落葉曾隨風搖擺飄落圳溝，曾有鳥飛來，曾有毛毛蟲棲居……卻只留下樹墩為證。我站起身，雙手高舉，短暫扮演那棵樹，我無花可開，只能隨風搖擺。

好想看看祂開滿紫色小花的樣子啊。

這就是真的撲空了。即便如此，我還是會繼續這種無謀的拜訪吧。走到心愛的餐廳前面才發現沒開，跑到朋友工作的咖啡店點完飲料才發現對方已經辭職了，這種微微的失落感也不壞。懷抱著「究竟能不能見到對方」的心情上路，相遇了反而會更加開心。

不過無謀和無禮只有一線之隔，要是搞錯的話，被當成變態可就不妙囉。

我的三輛車

其實我有三輛車。三輛都是125c.c.的速克達，它們在不同文章中出場，有不一樣的名字，但平常我都叫它們——小車、大車、阿公車。

小車是我上大學那年媽媽送我的禮物；大車是二叔原本要送去報廢被我留下的中古車；阿公車雖過戶到我名下，但它永遠都是阿公的機車。大家都到了被送去報廢也不會有人覺得可惜的年紀。雖然養三輛車有點吃力，不過我打算盡可能留住它們，也在此為它們寫一點筆記。

長幼有序，先從阿公車寫起。

阿公裝了心律調節器那一年，把他的車鑰匙交給我，要我去辦過戶接手照顧他的車。繼承阿公的機車，等於接受他的衰老，我有點抗拒，而且當時我名下已有小車和大車兩部，所以每次他問我什麼時候要去辦過戶，我都答非所問。我向阿公保證，自己會天天去幫他發車，等他身體好一點想出門的時候隨時有車可騎。

我沒把阿公車當自己的車，終究怠慢了。一年後，阿公車便完全發不動。車沒在騎，還是會收到排氣檢驗單。阿公拿著單子，叫我幫他牽去驗。為了驗排氣，車行師傅耐著性子，為阿公車換新電瓶，疏通油路，清洗化油器。到了第三年，師傅對我說：「汽油都結塊堵住了，沒在騎的車就該送去報廢，一直拖下去也沒意義。」

高齡的阿公叫不動我，反倒是師傅一番話就使我慚愧到想縮進安全帽裡。當下我紅著臉，直接對師傅說：「請幫我翻新它，車一修好我就去監理站辦過戶，以後我天天騎。」我請師傅幫我換新輪胎、煞車、避震、鎖頭、汽缸、大燈、化油器和傳動零件。師傅嘆一口氣，接下委託，轉頭打電話叫零件。

兩天後車修好了，師傅把拆下來的舊零件裝在一個紙箱裡，放在一旁讓我驗收。發黑壞死的汽缸、斷裂的離合器、硬化的皮帶、疲乏的鍊條、焚盡的汽門，全被摘除，堆在一個紙棺裡。我拿了布滿積碳的活塞留念，其他的零件交由車行處理。出去試騎一圈沒什麼問題，付了錢，接著就到監理站驗車辦手續，正式繼承阿公車。

騎著阿公車上路，我才發現阿公車變小了。以前我最喜歡坐在車上扭來扭去，假裝自己也會騎車，常覺得它黑色的坐墊像鯨魚的背脊那樣大，不管我怎麼調皮怎麼鬧，整輛機車永遠穩穩地。但那其實是錯覺，穩定的從來就不是車子，而是阿公阿嬤，他們永遠把我夾得緊緊，不會讓我一個人坐在車上。

我有點後悔騎上阿公車，新的經驗在喚醒記憶的同時也將其覆蓋。

阿公車的輪胎只有十吋，座椅也低，騎乘視野相當貼近路面，讓我覺得自己像傍晚低飛的燕子。我飛到喜歡的樹旁，飛到河堤的夕陽底下，飛到我家附近的每一座橋，向大家介紹我最新也最年長的夥伴，我向世界宣告「這是來自我童年的阿公車」的同時，心中也發出「阿公已經無法騎車了」的感慨。

某個晚上風很涼，路樹都在搖擺，我騎著騎著就忘記了阿公車的車齡，放縱地提高車速穿越山洞，結果一出隧道，引擎就發出劇烈的金屬碰撞聲。我趕緊停靠路邊，從踏板上的背包裡拿出手電筒，朝車底一照，才發現缸頭的機油蓋不見了，濃稠的黑油噴得到處都是。我的背包沾滿了油，背包上的油又沾到我新的外套。機油噴光，引擎失去潤滑與降溫機制，只好讓阿公車在路邊停泊一晚，隔天再請車行師傅開小貨車來接它。

換上新的機油蓋以後，阿公車又能上路了。

後來我不再把阿公車當新車騎，而是反過來把自己當成阿公，騎著它去做一些有阿公感的事。比方去理髮、看中醫、逛超市或到文昌宮參拜。騎阿公車去做這些事的小路上，心情會特別沉靜放鬆，覺得自己繼承的不只是這輛車，而是阿公的身影，以及某種腿開開的自在生活。

如果可以，我想要一直騎阿公車，至少再騎個二十年。

二十年後，到時五十五歲左右的我，每個星期三都會騎著阿公車去固定的店喝咖啡。我會在咖啡店遇到一名打工的青年，青年會在四月的最後一個星期三告訴我，他從小到大都在夢想著這款車。我會在櫻花盛開的春天說阿公車的故事給他聽，使他感受到阿公車的珍貴，入夏前再把鑰匙交給他。送走阿公車當天，我會再騎它最後一趟，去理髮，去吃麵，去拜拜，然後在自家附近兜一圈，讓它有機會向熟悉的街道景物道別。接著再騎到咖啡店交車。最後我將踩著晚風，走長長的路回家，一路微笑不掉眼淚。

再來寫大車。

大車原本是我二叔的車，二叔婚後有了小孩買了汽車，它就被擱著。我看那車再放下去就要生青苔了，便跳出來當救世主，請二叔把當時里程還不到兩萬，車齡才五年左右的大車過戶給我。

大車前有風鏡，後有靠腰，坐起來像一張會飛的沙發，非常適合長途旅行。剛接手大車的頭一年，我經常冷落小車，一放假就騎大車載著初戀往山上跑。記得有一次我們在山路上被一部紅色遊覽車堵住，沿途吸了不少廢氣。我仗著大車馬力強，在一處彎道油門全開，鑽進遊覽車入彎時騰出的空隙。沒料到前方道路縮減，遊覽車的大輪胎瞬間逼近，把我擠向右側沒加蓋的深溝，我逃脫的路線被封死，最後只能緊急煞車。

回神時，我跟大車已經栽進水溝裡了。

遊覽車司機先下車察看，接著六、七名乘客也跟下來幫忙，將我從水溝拉回路面。後座的初戀不曉得怎麼掙脫的，我爬出水溝時，她已經雙手抱胸站在一旁等著。她弄髒了短褲，小腿輕微擦傷。確認我們倆身體都無大礙後，遊覽車的乘客們合力幫我把大車抬回路面。大車只刮花了車頭，折斷了右邊的後照鏡，此外幾乎沒有損傷。後來經車行檢查，大車只要裝上新的後照鏡，並將翻車時被機油浸透的空氣濾淨海棉換掉，就能重新上路。

但那次之後，我好一陣子不太敢騎車，在路上變得神經兮兮，總覺得自己隨時會被撞。

某個晴朗的星期天，我想到很久沒洗車，就把大車牽到自家門口清洗。我擦亮車殼，用研磨劑拋光頭燈，再拿牙刷仔細清理避震器的彈簧、輪圈、碟盤、排氣管，所有摸得到的地方全都刷洗一遍。洗到車身側面的時候，我摸到一條長長的刮痕，那是車禍留下的傷，我蹲在地上搓到頭都暈了，卻怎麼樣都刷不掉。舒口氣，站起來為大車沖水，泡沫自香車肩上滑落，被洗淨的車燈將陽光反射到我臉上，在閃爍與恍惚中，我隱約聽見大車對我說：「沒事的。」

後來我像傷後復出的賽車手那樣，慢慢克服恐懼與內疚，才總算重拾騎車的自信，能在車流中保持冷靜。原以為我是它的救世主，沒想到大車反過來也拯救了我的騎士生涯。它或許不是一輛最新最快最強的車，但絕對是一輛寬大且溫柔的好車。

目前二十二歲的大車，里程將滿十二萬公里。如果可能的話，我希望可以再騎它三十八年，等到它六十歲，三十萬公里左右再放手。

三十八年後，某個收藏家將捧著大把現金找上七十三歲的我，請我把大車讓給他。不過到時我已沒那麼在乎錢，所以兩度婉拒。後來收藏家邀我到深山裡參觀他的別墅車庫，一到山上，我發現他口中的車庫根本就是座神殿。細問之下才得知，這位收藏家正在經營名為「摩托教」的小型宗教。收藏家說，「摩托教」需要機車來當神像，大車的形象正好符合該教的預言，人們將會為大車獻上新鮮的機油及齒輪油，打造充足的零件，以確保它能永遠運轉下去。聽到這邊，我收下鉅款，祝福大車能順利加入眾神的行列。

然而在交出大車後的某個深夜，我夢見自己騎著大車上西濱兜風，醒來時覺得那是大車在呼喚我，於是決定把錢還給收藏家，贖回大車。我憑著稀薄的印象返回深山，找到別墅的原址，竟發現整座神殿連同地基全都消失了。幾週後才聽到傳言，原來車子被收購的不只是我，那收藏家根本就是個在地球常駐的外星人，當他集滿三千輛各式機車後，決定收山返鄉，把整間宮殿連同山地一起傳送回遙遠的外星去了。到時七十三歲的我，只能眺望著星空，捧著花不完的錢，思念我的大車。

最後來寫三輛車中年紀最輕，卻跟我最久的小車。

小車是媽媽出錢買給我的機車。我十八歲的時候把它當成我一生的寶貝，騎著新車，當個新鮮人，享受速度與快樂。不過時間過得瘋快，轉眼小車已經十八歲，車上所有能壞的零件都壞過一輪，我也失去少年時那種一望無際的內在曠野，變成腦中塞滿各種雜念的大人了。

小車十歲那年，我曾想過放棄它。

當時它的引擎狀況變差，常在路中央熄火，好幾次都害我差點被撞，而且一旦熄火便需要休息幾分鐘才能再發動，也害我遲到過。我平常沒少花保養錢，但它卻一再背叛我的信賴。所以那陣子所有重要的事我都騎大車去辦，讓小車坐冷板凳。

結果一次換機油的時候，師傅指著小車底下的盛油盤對我說：「漏下來的油只剩原本的一半，區軸和汽缸大概不行了，最近騎車是不是常熄火啊？」我點點頭。師傅接著說：「六萬五千公里，說多不多說少不少，要修還是報廢？」我問修要多少錢，師傅給了數字，我嘆一口氣說：「這次先換機油就好，撐到七萬公里再來修吧。」這句話是說給師傅聽的，我希望他靜靜幫我換機油，不要勸我修，也不要勸我放手。小車壽命將盡的事實，我還沒辦法接受。

後來我靠著提前換機油為小車續命。每次換新機油，小車便打起精神繼續運轉，讓我可以不去想翻修或報廢的事。

結果半年後某趟夜歸，我騎小車過橋時一陣風吹來，小車引擎轉速驟降，直逼熄火底線。我不斷補油，哀求小車至少撐到下橋，要是在狹窄的機車引道熄火，一定會被後方來車追撞。小車以最低轉速勉強運作，輪胎一沾到平面道路的瞬間它就熄火，而且再也發不動。我滑向路邊停車格，心想今天就是分離的日子了，在上鎖前轉動鑰匙查看里程數，打算拍個照留念——

70000，七萬公里整，不多也不少。

小車一定是偷聽到我對師傅說的話，並把「撐到七萬公里再來修」的話當真，才一路咬著牙苦撐了五千公里。或許對旁人來說，這只是一部沒有感情，沒有血肉的機器，但我還是覺得小車實在太像我了。我也常懷著錯覺，以為世界擁有某種機制，只要自己達到某個目標，就能被珍惜，被尊重，被擁抱，被接受，結果一路朝著錯誤的方向努力，受挫時不做改變，反而試圖捏造合理的解釋來安慰自己……

啊，這樣的小車，需要的是一次機會。

換新引擎的小車，目前里程已達九萬五千公里，仍是我日常出行的夥伴。除了固定的保養，平常我也會稱讚它，認同它，鼓勵它，在隱喻上和實際上都為它加油，希望它可以健康平安，讓我再騎五十年。

而我希望自己能變成像我阿公那樣的老騎士，一路騎車到八十五歲。

到時候，或許只有人工智慧操縱的電動車能合法上路了。純人類駕駛的燃油機車或許將被全面禁止——騎小車出門遭逮的話，說不定會被判環境危險罪，處以極刑。年老但仍叛逆的我，會在某個忍無可忍的清晨出發，沿著空無一人的河堤一路騎到海邊。無人的警車追著我，飛行的監視器追著我，星星追著我月亮也追著我。我騎到日出的前一刻，騎到路的盡頭，騎上一座原本能跨海的斷橋，騎入風中，騎進早晨的第一道日光裡，最後跟小車一同消失。

小車掉進海裡，我卻活了下來，全身溼淋淋地爬上岸，開始走路。

八十五歲的我將會爬上沙灘，穿過防風林，赤腳回到公路上。熱燙燙的柏油很快就把我的腳皮燒熟，我每跨出一步都感到疼痛與懊悔。我想找回被青年騎走的阿公車，想找回流落外星的大車，想找回沉入海底的小車。我腳上的水泡破了又長，衣服溼了又乾，除了汗水與海水曬出的白色鹽粒，我一無所有。

這時一陣涼風吹過，像是在說「欸，你抬頭看看四周吧」，陽光拍拍我歪斜的肩膀，遠方的雲對我黯淡的眼招手，我停下腳步，閉上眼睛，等著那陣涼風再度吹來。或許數到三，或許數到一百，風起時，我將睜開眼重新邁開腳步。越往前走，身體就越輕快，痠痛與孤單漸漸化開。然後我就要哼起歌，哼起我兜風時常唱的調子。這些歌將讓我重新變成一名機車騎士，小車、大車、阿公車會被我唱回來，回到我靈魂的深處，用它們的內燃機驅動我。

我將會得到自由。

也許現實將用更粗暴的方式分開我們，我與三輛車相處的時間，恐怕會比我設想的短暫，但我還是要用寫作製造一點點空間，希望現實會因此動搖，對我們稍微溫柔一點。不過這漫長的回憶及延伸出來的假設，大概只能反映我對這三輛車的喜愛或偏愛吧。

話雖如此，最近我與三輛車的狀況都還不錯。我剛幫大車和阿公車換新了全套前輪碟煞，包含碟盤、卡鉗和油壓總泵。有了新煞車，騎起來更加收放自如。小車這一陣子以來點火不順的問題也查明了原因——含氧感知器故障，幸好還有庫存零件，換新之後又是一尾活龍。

入秋以後天氣轉涼，又到了最適合騎車出門的時節，這三輛車我都會好好地再騎一騎。我想去山上，想去海邊，想去巷子裡找咖啡喝。我想去所有我還沒去過的地方拜訪。所有我已經去過的地方，我也想要再去一次。

後記

機車騎士之夢

二十五歲那年的春天，即將離開台灣到荷蘭去當交換學生的我，心中最放不下的就是我的機車。家人能互相照顧，朋友也有別的朋友，但我的機車放一年沒上路的話，電瓶會沒電，輪胎會龜裂，機油會變質，我會很寂寞。

於是出國前，我決定把大車、小車分別暫託給兩位朋友。

簽證、機票和行李都打點好了，剩幾天就要出國，那就騎著愛車們再逛最後一圈。騎大車上二子坪看一眼台北，翻過山去北海岸泡溫泉，滑進基隆吃夜市。騎小車去見幾個朋友，大家坐在桌前，一起想像再見面時的場景，然後擁抱道別。

出發前一週，我先把大車交給朋友W君，他向我保證會好好照顧大車，而且會經常洗它。最後一天，我再騎著小車到朋友H君家的地下停車場，交出鑰匙和行照。臨走前拍拍愛車的坐墊，對它說：「要等我回來喔。」

兩輛車都被送走了，我拎著安全帽，走路回家，邊走邊開始發慌。雖然只是去當交換學生，簽證也只有半年，但我並沒有預定回程的機票。我向身邊親愛的人們承諾，時間一到就會回國，但其實我一點把握都沒有。一想到自己可能會變成另一個人，回家途中竟慌到哭了。只好戴上安全帽，拉下風鏡遮著臉邊哭邊走。

隔天我搭上飛機，一覺醒來就到了荷蘭。

買了輛二手腳踏車，我到處亂騎，沒多久就愛上了異國的全新生活，也發現荷蘭有不少人騎機車。每次遇到荷蘭的機車騎士，我都會想起愛車們，想著要是能帶它們來歐洲玩的話就好了。

在某個思鄉的雪夜，我打開街景地圖，翻過大半個地球回到台北。家門前的街景照清晰起來，兩部車都停在騎樓下，那一刻我覺得家離我好遠好遠了。在這份惆悵中，我開始寫作，成為新手專欄作者，以旅行為題材，試圖為水土不服的自己進行水土保持的工作。

剛開始寫騎機車的專欄時，我也懷著類似的心情。

三十歲那年我右眼患了罕病，經歷多次手術，視力受損。好幾次都絕望地想，要是一眼失明的話，將來恐怕沒辦法騎機車了。我決定趁著還能寫，還能騎車，趕緊動筆，為自己的騎士生活留下紀錄。

後來我受聯合報繽紛版主編栗光的邀請，成為「青春名人堂」的專欄作者，便開始兩週一次長達兩年的專欄連載。我在電腦上開了一個名為「機車騎士之夢」的資料夾，一面寫一面治療眼睛。有時我陷入情緒的低谷中，有時又懷抱過度膨脹的希望，但寫作總是能讓我穩定下來，讓我安心。

兩年後，專欄連載結束了。我在報紙上向讀者們道別，以為這樣就圓滿了。沒想到隔年春天，大學時期教過我的田若雯老師，竟來訊問我有沒有興趣出版自己的作品，為我與九歌出版社牽起線，才有了這本書。

為了能成書，我新寫了三篇文章，分別是〈當初戀來牽車〉、〈當鬼〉和〈我的三輛車〉，〈藍帽西濱等著我〉則是大幅改寫過的舊作。寫完這四篇稿子，我才開始回頭整理專欄。

一整理才發現自己幾乎在每一篇文章的後半，都運用了奇想。奇想是現實中的挫敗者為自己製造的某種空間，這空間既不屬於現實，也不純屬虛構，它是一塊中間的領地。對我來說有點像山路上的避車彎，可以暫時躲進去，把路讓給跟在自己屁股後面凶狠的快車們。避車彎不是停車格，無論什麼樣的車都不該久留。快車通過後，最好立刻跟上隊伍的尾巴，繼續上路。但我總是騎著騎著，寫著寫著，就滑進我心中的避車彎裡，有時候現實的快車明明已經駛離了，我卻還愣在原地吹風，對著空氣自言自語。

其實我應該要向路上每一名騎士攀談，累積足夠的訪談紀錄，書寫台灣這座島上各式各樣的騎士才對。但我沒有，我只寫了自己的退縮。

於是我將自己退縮的空間，分為「前後左右」四個方向，並以此為稿件們分輯。而新寫的四篇文章，我送了其中兩篇去參加文學獎比賽，讓它們對現實的陽光張開葉子，自然而然朝著更現實的方向生長。當奇想與現實都站定了自己的位置，一本書的雛型就浮現了。我身為寫作者的面孔，似乎也隨這次整理而漸漸清晰。

若不是騎機車和寫專欄的話，我恐怕就只是個沒什麼現實經驗，永遠無法抵達目的，只會空想，沉醉在過去的中年男子而已。那些失去的東西，就只是平白失去了而已。一想到這，就覺得可怕。不過幸運的是，這樣的我，不但寫出了自己的第一本書，還有機會可以透過整理文章，面對自己。

而且我所害怕的事，大部分都沒發生。

記得當年交換學生的簽證到期後，我又去英國拖延了兩個月，才回到台灣。不過一下飛機我就聯絡W君，要他騎著大車來找我。幾個月沒見的大車，坐起來感覺非常陌生，避震和輪胎的磨損狀況都改變了，它適應了另一個人的身體，變成另一個人的車。雖然有幾分感慨，但我知道自己一定能把它騎回來，所以還是很快樂。

把大車牽回家安頓好，我立刻去找H君牽小車。H君只答應讓我停放小車，沒說要幫我騎，於是車上覆了一層灰，輪胎洩氣，引擎果然也發不動了。我像推著巨石的薛西弗斯那樣一步一步把小車推上坡道。重返地面的瞬間，一陣涼風吹來，我胸口冒出一股熱呼呼的喜悅。喜悅凝結成語言，我對小車說：「我回來了。」

推著小車返家的路上，我發出「啊，原來這就是失而復得」的感慨。

當初剛結束專欄的時候，我也以為發表即失去，一切都會停下來。沒想到現在竟有機會把當時用來關門的最後一篇稿子，猖狂地改寫成一本書的後記。我真的要對人生懷抱更大的信心才是。

謝謝九歌出版社在這艱難的時代，仍願意投注心力，將這樣奇怪的一本小書和寫作者接生到這個世界。謝謝孫梓評老師珍貴的推薦序，沒有您的序言帶領，這本書就像落單的孩子那樣手足無措。謝謝政大陳文玲老師與創意實驗室，讓我攢足創造的勇氣。感謝最初鼓勵我以機車生活為題材耕耘的陳郁馨老師，感謝您從頭教我主詞動詞受詞，使我明白一個句子該如何完整它自身，敦促我抱起深長的寫作之夢。

謝謝一起長大的朋友賢、瑋、火星、鮑魚、傑哥，你們是我的靈感寶庫。謝謝我的父母支持我，縱容我，疼愛我。謝謝我的阿公阿嬤騎車夾著我上山下海，謝謝我的外公外婆把閱讀與書寫的習慣傳下來，謝謝我的家人，沒有你們的愛與時光就沒有寫作的我。

謝謝一路上照顧過我，照顧這份書稿的每一個人，希望我的逃避與奇想，也能成為一處剛好的避車彎。

李達達　二〇二四年五月十四日

九　歌　文　庫　　1　4　3　2

小路昨夜對我說：機車騎士的奇想漫遊

國家圖書館出版品預行編目（CIP）資料

小路昨夜對我說：機車騎士的奇想漫遊 / 李達達著 . -- 初版 . -- 臺北市 : 九歌出版社有限公司 , 2024.07
面；　公分 . -- (九歌文庫 ; 1432)
ISBN 978-986-450-690-3(平裝)
863.55　　113007916

作　　者——李達達
責任編輯——鍾欣純
創 辦 人——蔡文甫
發 行 人——蔡澤玉
出　　版——九歌出版社有限公司
臺北市八德路 3 段 12 巷 57 弄 40 號
電話／02-25776564・傳真／02-25789205
郵政劃撥／0112295-1

九歌文學網　www.chiuko.com.tw

印　　刷——晨捷印製股份有限公司
法律顧問——龍躍天律師 ・ 蕭雄淋律師 ・ 董安丹律師
初　　版——2024 年 7 月
定　　價——320 元
書　　號——F1432
I S B N——978-986-450-690-3
9789864506873（PDF）
9789864506880（EPUB）